일본어 담화전개방법의
사회언어학적 연구

금종애

제이앤씨

머리말

음운, 악센트, 어휘, 문법 등 짧은 언어단위의 연구가 주를 이루었던 언어학의 세계에서 가장 큰 언어단위인 담화연구가 본격적으로 시작된 것은 1980년대의 일이다. 현재, 언어학뿐만 아니라 사회학이나 심리학, 문화인류학, 철학, 인지과학, 정보과학 등, 여러 분야에서 활발한 연구가 이루어지고 있으며 그 연구사례 및 연구 성과가 계속해서 발표되고 있다.

방언학, 사회언어학의 분야에서도 최근 담화자료를 이용한 연구나 담화자체에 주목한 연구가 활발히 이루어지고 있다. 그러나, 아직 주관적 사례연구라는 방법론에 있어서의 문제점이 제기되고 있다. 본 연구에서는 이러한 종래의 방언학, 사회언어학 분야의 담화연구에서 문제점으로 제기되어 왔던 방법론상의 문제점을 해결하여 새로운 연구방법의 개척을 시도하였다.

즉, 기존의 선행연구의 주관적 사례분석이라는 문제점의 해결 방안으로 다량의 담화자료를 수집하여 그것을 양적으로 분석함으로서 도쿄방언·오사카방언·센다이방언의 담화전개 방법의 지역차·세대차를 보다 객관적으로 분석했다는 점에 연구의 의의가 있다고 하겠다.

아무쪼록 본 저서가 일본 국내뿐만 아니라 한국의 담화연구자, 특히 방언학, 사회언어학의 분야에서 담화연구를 진행 중인 연구자들의 연구에 활력을 주고 다른 분야 연구자들의 담화연구로의 관심을 불러일으킬 수 있는 계기가 될 수 있었으면 하는 바람이다.

마지막으로 이 책의 출판을 적극적으로 도와주신 제이앤씨 출판사 관계자 여러분께 깊은 감사를 드린다.

2008년 저자

목 차

일본어 담화전개방법의
사회언어학적 연구

───────── 제1장 ─────────
본 연구의 목적

    현대 일본어의 방언은 공통어화가 급속히 진행되고 있다. 그러나 그 럼에도 불구하고 실제 외래자가 그 지역의 사람과 이야기를 나누고 있으면 이야기가 원활하게 진행되지 않는다는 이야기를 자주 듣는다. 그 이유는 음운, 악센트, 어휘, 문법 등 언어의 구조면에서는 공통어화가 진행되었다고 해도 그 지역 특유의 담화전개 방법이 아직 남아있기 때문이다. 즉, 담화전개 방법에는 어느 정도 지역차가 인정된다고 생각된다. 최근, 구키타(1990)를 비롯한 연구자들에 의해 이러한 담화전개방법의 지역차에 대한 연구가 진행되고 있지만 주관적 사례연구라는 방법론에서의 문제점이 제기되고 있다.

    본 연구에서는 이러한 종래의 담화전개의 지역차 연구에서 지적되어 왔던 방법론의 문제점을 극복하여 새로운 연구방법의 개척을 시도한다. 특히, 화자가 정보내용을 효과적으로 전달하기 위해 사용하는 담화표식에 주목하여 그 출현경향을 객관적으로 제시함으로서 담화전개방법의 지역차에 대해 고찰하기로 한다.

연구대상으로서 본 연구에서는 도호쿠방언의 대표방언인 센다이 방언과 일본의 대표적 방언인 동경방언, 오사카방언을 다루기로 한다. 이들 지역의 담화전개 방법과 그 지역차를 밝히기 위해 고년층 화자가 설명적 장면에서 어떠한 담화표식을 사용하여 어떻게 이야기를 진행시켜나가는지를 담화표식의 출현경향을 분석함으로서 고찰해 보기로 한다.

또한, 방언 연구에 있어서 이러한 지역차와 함께 중요한 축을 이루고 있는 담화전개 방법의 세대차에 대해서도 센다이방언을 예로서 고찰하여 각 세대 간의 담화전개 방법의 차이점에 대해 고찰해 보기로 한다.

제2장
선행연구와 그 문제점

2.1 일본어의 담화연구의 현상(現狀)

최근 담화를 대상으로 한 연구는 사회학이나 심리학, 문화인류학, 철학, 인지과학, 정보과학 등 여러 분야에서 이루어지고 있으며 그 연구사례 및 연구 성과가 계속해서 발표되고 있다. 언어학에서 문에 주목한 종래의 연구를 넘어 의미적으로 하나로 연결되어 있는 담화라는 언어단위를 대상으로 한 연구가 본격적으로 시작된 것은 1980년대이다. 방언의 분야에서도 최근 담화자료를 사용한 연구나 담화자체에 주목한 연구가 활발히 이루어지고 있다.

우선 담화자료에 주목한 연구에는 이노우에(1994), 사나다(1983), 야마다(1997) 등이 있다.

이노우에(1994)는「～키루(オル)」의 분포와 실제의 담화자료에 출현하는「～킷타(オッタ)」를 비교함으로서 그 용법의 차이와 잔존 상황을 보고하고 있다. 또한, 사나다(1983)는 실제의 담화자료를 사용하여 판단・서술형식인「ジャ」「ヤ」「ダ」「デス」의 출현 상황을 보고하

고 있고, 야마다(1994)는 자연담화 속에 나타나는 악센트에 주목하여 연구를 진행하고 있다.

이들 연구는 담화 그 자체에 주목한 연구는 아니지만 실제 담화를 대상으로 함으로서 현재 주로 이루어지고 있는 조사표에 의한 언어사용 의식조사의 한계를 극복하여 보다 정확한 언어사용 실태를 규명함을 목표로 하고 있다. 또한, 조사표에 의한 조사와 담화자료를 모두 활용함으로서 새로운 언어상황이나 언어사용 실태를 밝힐 수 있어 종래 방언연구의 폭을 넓힐 수도 있다(사나다1999).

다음으로 담화 그 자체의 지역차에 주목한 연구에는 구로사키 (1987), 오키(1993ab), 스기토(1999), 진노우치(1996) 등의 연구 성과가 있다.

오키(1993a)는 전국 38개 지점에서 70세 전후의 고년층을 대상으로 시행한 축하 인사에 대한 조사, 구체적으로는「아들의 혼사를 앞둔 사람을 길에서 만났을 때 어떠한 인사를 합니까?」라는 질문에 대한 앙케트를 분석하여 담화레벨에서의 지역차를 고찰하고 있다. 즉, 오키(1993a)는 각 지점의 표현을 비교함으로서 담화를 구성하고 있는 의미적 단위체인「확인」,「축하」,「심정추측」,「감상」등의 요소를 추출하여 그 조합으로 담화형(「확인・축하형」,「확인・축하・감상형」등)을 기술하여, 그 담화형에 지역차가 인정된다고 기술하고 있다.

또한, 오키(1993b)는「아들의 혼사를 앞둔 사람은 상대방의 축하인사에 대하여 어떤 말로 인사합니까?」라는 항목에 대해서도 분석하여 담화를 구성하고 있는「감사」,「의뢰」,「은혜」,「보고단형(報告短型)」「보고장형(報告長型)」,「적극적사항평가」,「겸손사항평가」,「감정발로」「안도(安堵)감정발로」등의 요소의 조합으로부터 담화형(「감사・의뢰형」「감사・감정발로형」등)을 추출하여 담화형에 지역차(동서차)가 인정된다고 지적하고 있다.

또한, 구로사키(1987)는 효고현 다키노방언의 담화자료를 분석하여 다키노방언의 맞장구의 담화기능에 대해 고찰하고 있고, 스기토(1999)는 도쿄, 오사카의 담화에 나타나는 맞장구의 종류와 그 운용실태를 밝히고 있으며, 진노우치(1995)는 길안내 표현으로부터 표현형식의 유형화를 시도하여 지역차가 인정됨을 밝히고 있다.

이들의 연구는 한정된 표현형식이지만 종래의 음운, 악센트, 어휘, 문법을 중심으로 행해져 온 방언연구의 세계에서 담화 그 자체를 다루었다는 점에서 주목된다고 볼 수 있다.

2.2 선행연구의 도달점

여기에서 구체적으로 담화전개방법의 지역차에 관한 선행연구를 살펴보면 구키타(1990, 1992a, 1992b), 사이토(2000), 스자키(1999), 소노베(1999), 하타나카(1994)와 같은 연구가 있다.

이 분야의 선구적인 연구로 유명한 구키타(1990)는 도쿄방언과 관서방언의 담화를 대조하여 담화전개방법에 지역차가 인정된다고 지적하고 있다. 구키타는 (A)문의 내용과 (B)문두, 문중, 문말의 키워드가 되는 말에 주목하여 도쿄방언은 주관적 설명이 많고,「ダカラ」「ホラ」「ネッ」를 키워드로 하여 상대에게 반론의 여지를 주지 않고 강제적으로 화자의 주장을 상대에게 납득시켜가는「주관직정형(主観直情型)의 담화전개방법을 취한다고 설명하고 있다. 그에 대해 관서방언은 객관적 설명이 많고, 「ソレデ」 등의 접속사에 의해 설명을 누가해가는 형태로 상대에게 다음 이야기를 기대시켜가면서 담화를 전개하는 「객관설명누가형(客観説明累加型)」의 담화전개방법을 취한다고 설명하고 있다.

다음으로 구키타(1992a)는 북부도호쿠방언의 담화전개방법을 고찰하여 아오모리방언, 아키타방언, 이와테방언은 「ダカラ」 「ホラ」 「モノ」, 야마가타방언은 「ソシテ」 「ホラ」 「モノ」와 같이 키워드는 조금씩 다르지만, 어떤 방언도 「モノ」라는 문말사를 사용하여 이유를 설명하고, 그 이유가 자기의 능력이 미치지 않는 상황이었음을 제시함으로서 자기의 주장을 정당화하는 담화전개방법을 취한다고 지적하고 있다.

또한, 북부도호쿠방언과 도쿄방언, 관서방언과의 대조를 통하여, 「ダカラ」 「ホラ」의 다용 등 북부도호쿠방언과 도쿄방언의 유사점을 지적하고 있다. 그러나 구키타는 도쿄방언과는 달리 북부도호쿠방언에서는 「ダカラ」 「ホラ」가 접속사, 감동사로서의 원의(原意)로 사용되고 있는 점과 문말에 「モノ」를 이용하여 상대방에게 동의를 구하는 점은, 억지로 상대를 자기가 주장하는 방향으로 끌어들이는 도쿄방언과는 차이를 보이고 있다고 지적하고 있다. 또한 야마가타방언의 「ソシテ」 등의 접속사에 의한 설명누가방식은 관서방언과 공통되는 양상을 보인다고 지적하고 있다.

또한, 구키타(1992b)는 종래의 분석방법과는 반대의 발상으로 방언자료를 공통어로 번역한 자료로부터 방언의 변별은 가능한지에 대한 조사도 실시하여 담화전개방법에 지역차가 존재한다는 주장을 강화시키고 있다.

이러한 구키타의 연구는 2.1절에서 소개한 한정된 표현형식의 연구에 멈춰 있었던 종래 담화연구의 한계점을 극복하여 담화전체를 대상으로 담화전개방법에도 지역차가 존재한다는 것을 증명한 획기적인 연구라고 할 수 있다. 또한, 그 후의 담화전개방법에 관한 연구(사이토 2000, 스자키1999, 소노베1999, 하타나카1994)에도 큰 영향을 끼쳤으며 분석방법도 이 구키타의 분석방법을 따르는 것이 많다.

사이토(2000)는 구키타의 분석방법에 근거하여 방언화자의 공통어 사용 담화에서 담화전개방법의 형태에 변동이 있는지를 고찰하여 방언화자가 공통어를 사용하여 담화를 전개하더라도 그 방법에는 변화가 인정되지 않는다고 지적하고 있다.

스자키(1999)는 구키타(1990)의 연구방법에 근거하여 동서방언절충지역인 도야마시방언의 담화전개방법의 세대차를 고찰하여, 노년층, 중년층은 주관을 넣은 상황설명에 확인(재확인)을 반복함으로서 상대에게 반론의 여지를 주지 않고 납득시켜가는 주관직정형의「도쿄방언형」담화전개방법을 취한다고 지적하고 있다. 그에 대해 젊은층, 유년층은 주관이 극단적으로 적고 객관적 상황설명을 반복하는 객관설명누가형의「관서방언형」담화전개방법을 취한다고 설명하고 있다.

또한, 소노베(1999)는 구키타(1990)의 방법에 근거하여 동서방언절충지역인 도요하시방언의 담화전개방법을 고찰하여 도쿄방언・관서방언과 비교함으로서 그 특징을 유형화하고 있다. 소노베는 도요하시방언은「ソイデノン」「アンタ」「ノンホイ」등 상대를 부르는 어구를 문두, 문중, 문말에 사용하여 담화를 전개하는 패턴을 취한다고 설명하고 있는데, 순접의 접속사를 통하여 객관적으로 설명을 계속해 감으로서 상대에게 들려주려는 방법을 취한다는 점에서 관서지방의「객관설명누가형」과 유사한 담화전개방법을 취한다고 지적하고 있다.

하타나카(1994)는 구키타(1990)의 분석방법과 일본어의 모달리티와

인칭론의 관점을 도입하여, 문을 판정문, 현상묘사문, 의문문, 확인(재확인), 화제제시구, 설명도입구, 회화재현문의 7가지로 나누어 도야마현 히미방언의 담화전개방법을 고찰하고 있다. 나아가 하타나카는 도쿄방언, 관서방언과의 비교·대조를 통하여 그 특징을 유형화하고 있는데 히미방언은 도쿄방언과 마찬가지로 「주관직정형」의 담화전개방법을 취하면서도 단순히 화자의 주장을 강요할 뿐만 아니라 설명도입구에 의해 상대를 이야기의 전개에 끌어들이는 특유의 담화전개패턴을 취한다고 설명하고 있다.

이상과 같은 연구(사이토2000, 스자키1999, 소노베1999, 하타나카1994)는 하타나카(1994) 이외, 구키타(1990)의 연구방법을 그대로 따르고 있다는 점에서 다음의 2.3절에 제시하는 구키타 연구의 문제점, 예를 들면, 사례연구에 멈춘 주관적 연구라는 문제점을 그대로 끌어안고 있다. 또한, 하타나카(1994)의 연구도 판정문, 현상묘사문 등, 종래의 문법레벨에서의 문의 유형이 포즈로 나눈 담화 속의 문에 그대로 적용될 수 있는지 등의 문제점을 안고 있다. 이하, 2.3절에서 이러한 선행연구의 문제점을 지적함과 동시에 본 연구의 특색에 대해 기술하기로 한다.

2.3 선행연구의 문제점과 본 연구의 특색

2.2절에서 소개한 구키타(1990) 이하 일련의 선행연구는 담화전개의 지역차 연구를 주도했다는 점에서 높게 평가할 수 있다. 그러나 그들 연구의 중요한 축인 (A)문의 내용(이하, 본 연구에서는 「정보내용」이

라고 부르기로 한다)을 대상으로 한 객관적 분석방법은 어렵고 아직 확립되어 있지 않다고 생각된다. 즉, 이들 선행연구에 서는 문의 내용을 주관적 설명, 객관적 설명 두 가지로 나누고 있는데, 어떠한 기준으로 주관적 설명, 객관적 설명이라고 판단하는지라는 그 기준을 확실하게 제시하지 않고 있다. 또한, 이러한 정보내용은 어떠한 화제가 선택되는지에 좌우되는 면이 크기 때문에 같은 조건에서의 비교가 곤란하다. 즉, 어떠한 화제가 선택되는가에 따라 정보내용도 변하므로 같은 조건에서의 비교가 곤란하다.

또한, 사례연구에 머물러 있는 (B)의 키워드도 그것을 체계적, 수량적으로 논증할 필요가 있다고 생각된다. 즉, 이들 선행연구에서는 대상으로 한 담화자료의 전체상이 제시되어 있지 않고 몇 가지의 전형적인 담화례를 제시하는 것에 그치고 있다.

따라서 본 연구에서는 구키타(1990)의 분석 방법을 참고해 가면서, 특히, (B)의 키워드가 되는 말, 즉, 본 연구에서의 담화표식에 주목하여, 그것을 체계적, 수량적으로 분석함으로서 각 지역의 담화전개방법을 보다 객관적으로 제시함을 목표로 한다. 담화표식을 다루는 이유는 정보내용은 어떠한 화제가 선택되는가에 영향 받아 객관적 비교가 곤란한데 비해 담화표식은 화제의 영향을 받기 어렵고 구체적 형식으로 객관적 분석에 적당하다고 생각되기 때문이다. 정보내용에 대해서는 앞으로의 과제로 남겨 두고 본 연구에서는 담화표식 면에서 각 지역의 담화전개방법을 검토해 가기로 한다.

──────── 제3장 ────────
연구의 방법

3.1 담화, 담화표식, 담화전개방법

여기에서는 본 연구에서의 「담화」「담화표식」「담화전개방법」의 개념정의 및 대상범위에 관해 기술한다.

3.1.1 담화

담화는 문헌에 따라 다양하게 정의되어 있다. 우선 『日本語事典』에는 「담화는 문장에 상당하는 것」이라고 정의되어 있다. 즉, 「담화」는 문장어에서는 하나의 주제를 가지고 연결된 문(文)의 집합체인 문장에 상당하는 것이고 구어(口語)에서는 어떠한 하나의 주제를 가지고 발화된 문의 집합체라는 것이다. 또한, 『日本文法用語辞典』에는 「일상의 회화나 텔레비전, 라디오, 영화, 연극 등의 대사, 선거연설, 강연, 강의 아나운스 등이 구어의 예인데, 구어 중 특히 주제가 있는 경우, 어떠한 하나의 주제를 가지고 발화된 것이 담화」라고 기술되어 있다.

사쿠마(1990, 1997)는 「문장, 담화는 문보다 큰 언어의 단위로 거기에는 구조와 규칙이 있다」 「커뮤니케이션의 주요한 수단으로서 언어가 사용된 경우, 그 실현화된 결과로서의 언어의 단위에 대하여 문자에 의한 것은 『문장』, 음성에 의한 것은 『담화』라 하여 구별하는 것이 일반적이다」라고 기술하고 있다.

이상의 『日本語事典』이나 『日本文法用語辞典』, 사쿠마(1990, 1997)는 담화는 어떠한 하나의 주제를 가지는 문의 집합체이고 단위의 면에서는 문장에 상당하는 것이지만, 문장은 문장어에 의한 것이고 담화는 구어에 의한 것이라는 서로 성질이 다른 것으로 취급되고 있다.

다음으로 『現代言語学辞典』, 미나미(1982), 히나타(1988), 메이나드(1997)는 단위의 면에서 담화는 일정한 통합성을 가지는 문의 집합체인데, 문장어도 구어도 담화로 인정하고 있다는 점에서 『日本語事典』, 『日本文法用語辞典』, 사쿠마(1990, 1997)의 정의와 차이를 보이고 있다.

『現代言語学辞典』에서는 「담화는 Text(テクスト)와 같은 의미로 사용되고 있지만, 구별되어 사용되는 경우도 있으며 문보다 큰 언어단위로 하나의 테마를 가지고 전개된 문의 집합으로 발화된 것, 글로 쓰여진 것 양자가 여기에 포함된다」 「담화는 보통 복수의 문으로 만들어지는데 때로는 하나의 문(또는 한 단어)인 경우도 있다. 이러한 문과 담화의 차이는 길이의 문제가 아니라 레벨이 다른 질적인 차이라고 보는 견해도 있다」라고 기술하고 있다. 『現代言語学辞典』의 후자의 지적, 즉, 「담화는 보통 복수의 문으로 만들어지는데 때로는 하나의 문(또는 한 단어)인 경우도 있다. 이러한 문과 담화의 차이는 길이의 문제가 아니라 레벨이 다른 질적인 차이라고 보는 견해도 있다」라는 지적은 다음의 메이나드(1997)에서도 나타나 있다. 이것은 담화의 대부분은 복수의 문으로 이루어지는 것이 일반적이지만, 예를 들면, 「火事(だ)!」와 같이 하나의 문이나 하나의 단어라고 하더라도 「화재가 일어났으니 모두에게 조심하도록 알리고 있다」라는 주제가 배경에 있으므로 하나의 담화로서 인정할 수가 있다는 것이다.

메이나드(1997)는 「담화는 실제로 사용되는 언어표현으로 원칙적으로 그 단위를 묻지 않는다」「단어 하나라도 담화라고 말할 수 있지만, 일반적으로 복수의 문으로 이루어진 것이 많으며 어느 정도 주제가 있는 의미를 전달하는 언어행동의 단편이다」라고 기술하고 있다. 또한, 메이나드(1997)는 「담화에는 문장어도 구어도 또한 그 문자화된 것도 포함되지만, 특히 문장어로서 제작된 담화는 텍스트라고 부르는 경우도 있다」라고 지적하고 있다.

『現代言語学辞典』, 메이나드(1997)와 마찬가지로 미나미(1982), 히나타(1988)는 「담화라는 것은 문보다 큰 언어단위로 하나의 주제를 가지고 있는 문의 집합, 구어·문장어의 양자를 포함한다」라고 기술하고 있다. 이하는 히나타(1988)가 다루고 있는 문장어의 담화, 구어의 담화의 예이다.

· 문장어의 담화 : 편지, 통지, 일기, 수필, 신문잡지의 기사, 논설,
　　　　　　　　　논문, 소설, 사무서류, 설명서, 카타로그류, 메
　　　　　　　　　모·노트류, 각종광고, 메뉴, 각종 리스트, 간판,
　　　　　　　　　표찰류 등
· 구어의 담화 : 라디오, 텔레비전의 뉴스, 일기예보, 알림(메세지),
　　　　　　　　그 외 각종 이야기, 차내·백화점·슈퍼마켓의 아

나운스, 광고방송, 회의 등에서의 발언, 일상회화
일반(인사, 잡담, 지시, 싸움, 감정·감각의 직접적
표현 등)

　이상에서 기술한 바와 같이 담화에 대한 정의는 문헌, 연구자에 따라
다르게 나타나며, 이들 연구에서는 담화와 문장을 구별하는 견해도 있
지만, 문보다 큰 언어단위로 하나의 주제를 가지고 있는 문의 집합체라
는 점에서 공통적이다.

　따라서, 본 연구에서는 이들 연구에 근거하여 「담화는 문보다 큰 언
어단위로 하나의 주제를 가지고 있는 문의 집합체이다」라는 정의 하에
연구를 진행시키도록 한다. 또한, 본 연구에서는 담화가 문장어의 담화
인지, 구어의 담화인지의 구별은 하지 않지만, 특히 구어의 담화를 문
자화한 자료를 사용하여 고찰을 진행한다. 이와 같은 구어의 담화의
종류에는 한 사람의 화자에 의한 「독화」와 두 사람이 서로 이야기하는
「대화」, 두 사람 이상의 복수의 화자가 참가하여, 서로 이야기를 진행
시키는 「회화」가 있다. 본 연구에서는 연구의 제1단계로서 우선 회화
중에서 한 사람의 화자가 상대의 정보요구에 대해 설명을 행하고 있는
설명적 장면을 사용한다. 이 설명적 장면은 한 사람의 화자가 설명을
하고 있는 장면이라는 점에서는 독화라고 말할 수 있지만, 회화 장면
속에서 화자가 상대의 정보요구에 대해 설명을 행하고 있는 장면이라
는 점에서는 회화장면의 일부라고 할 수 있는 특수한 장면이다.

　연구 자료로서 설명적 장면을 다루는 이유는 두 사람 이상의 화자가
관여하는 회화 장면보다 비교적 분석이 용이하기 때문이다. 단, 설명적
장면이라고 해도 회화 속의 한 장면임에는 변함이 없고, 본 연구에서의

방법과 결과는 앞으로의 회화장면의 고찰에도 참고가 될 것이라고 생
각된다. 또한, 다음에 제시하는 예와 같이 본 연구에서의 설명적 장면
은 회화장면의 일부이므로 회화장면에서 사용되는 담화표식의 종류와
거의 비슷하고 그 기능면에서도 조금씩 차이를 보이고 있기는 하지만,
회화장면에서의 기능과 공통성이 인정된다. 즉, 본 연구에서 사용한 분
석방법과 결과가 앞으로 다루어갈 회화장면에서도 어느 정도 사용될
수 있다고 생각된다.

예) B: 全然知らなかったそれは, ううん。
　　A: うん, <u>だから</u>, あの, 語学研究所で話しなかったっけ?一緒の
　　　奴がね, 西山って奴なんだけど, そいつと知り合いだったの。
　　　　　　　　　　　　　　　　　　　　　　Maynard(1991)

　위의 담화례는 회화장면의 예이고, 화자B의 「全然知らなかったそれ
は, うん(그것은 전혀 몰랐다, 응)」이라는 이야기에 대해 A가 「ダカラ」
로 「語学研究所で話したと思うけど, 一緒にいる奴が西山という奴で,
そいつと知り合いだったのだ(어학연구소에서 이야기 했을텐데, 같이
있는 녀석이 니시야마라는 녀석으로 그 녀석과 알고 지냈다)」라는 설
명을 첨가하고 있다. 이와 같은 「ダカラ」의 용법은 다음 예와 같이 설
명적 장면에서도 인정된다.
　다음 예는 설명적 장면의 예로 여기서 화자는 「ダカラ」로 「近所の子
供がみんな集まってかくれんぼなどをしながら遊んだ(근처의 아이가
모두 모여 숨바꼭질 등을 하면서 놀았다)」라는 설명에 「表で遊ぶこと

が多かった(밖에서 노는 일이 많았다)」라는 설명을 추가하고 있다.

예) かくれんぼだとか, みんな, そう一緒, 近所の子, みんな集まって
ね, それでやってましたよ, うん。
<u>だから</u>, 表で遊ぶということが多かったですよね(↗)。

도쿄방언의 담화자료(필자에 의함)

그러나 다음 예와 같이 상대의 발화권을 양도하는「ダカラ」는 회화 장면에서만 나타나는 용법이라고 생각된다. 다음 예에서 화자 A는「ダカラ」를 사용함으로서 B에 발화권을 양도하고 있는데 이와 같은 용법은 위의 도쿄방언의 담화자료와 같이 한 사람의 화자에 의해 전개되는 설명적 장면에서는 사용되지 않는 용법이다. 이에 관해서는 다음 3.1.2 절과 제4장에서 자세히 기술하기로 한다.

예) A: そのうちにふたつね, 前期だけのと, 後期だけのとあるわけよ
ね, <u>だから</u>。
B: あ, そうか, そうか。

Maynard(1991)

3.1.2 담화표식

담화표식에 대해서는 일정한 정의가 없고 연구자에 따라 다르게 취급된다. Schiffrin(1987)은 담화표식은「문으로부터 떼어낼 수 있다」「문의 실질적 의미에는 아무것도 추가하지 않는다」「언어의 상호행위를 원활하게 하기 위해 필요로 하는 정보를 제공하는 기구이다」라고 정의하고 다음과 같은 여러 가지 요소를 담화표식으로 인정하여, 이러한 담화표식이 실제 회화의 이해에 어떻게 관여하고 어떻게 기능하는지를 설명하고 있다.

① 소사(小辭, particle) 예) "oh, y'know"
② 어휘적 측면 예) Listen, Lemme tell you
③ 지시적 표현 예) Here, There
④ 감탄사 예) Boy!
⑤ 체위, 눈의 움직임

Fraser(1990)는 담화표식은 「담화에서의 특정의 연관관계를 나타내는 것」이고, 이와 같은 담화표식은 다음 예와 같이 「전통적인 문법 카테고리를 넘어 여러 가지 어휘로부터 성립되는 것이다」라고 기술하고 있다.

① 부사적인 표현 예) now, still
② 메타언어 예) to repeat, What I mean to say
③ 동사 예) see, look
④ 간투사, 감탄사 예) well
⑤ 관용적인 표현 예) While I Have You
⑥ 등위 접속사 예) and, but
⑦ 종속 접속사 예) so, however

이상에서 기술한 Schiffrin(1987)이나 Fraser(1990)가 대상으로 하고 있는 것은 소위 영어에서 말하는 담화표식의 연구이다. 그러나,

Gumperz(1982)도 지적하고 있듯이 담화표식은 영어뿐만 아니라 일반 언어에도 널리 존재한다.

실제 Schiffrin(1987) 등의 연구에 영향 받아 일본에서도 담화표식 연구가 다쿠보(1995), 니시노(1993), 미마키(1993), 메이나드(1992, 1997) 등에 의해 활발히 이루어지고 있다.

다쿠보(1992)는 담화표식은「그 자체로는 정보내용을 구성하는 것은 아니지만, 정보의 방출, 수용에 관한 화자의 처리상태, 처리과정의 등록, 관리에 관여하는 것으로 간접적으로 문형식을 규정하는 것」「화자가 행하는 연산(演算), 검색, 편집 조작 등의 심적 조작 때에 발화되어 그 조작을 지원하는 것」이라고 정의하고 일본어에서는 감동사, 응답사 등이 담화(관리)표식으로서 기능하고 있다고 지적하고 있다.

니시노(1993)는 회화의 프로세스 중에는 내용 그 자체의 정보 외에 회화에 있어서 불가결한 요소가 정보로서 포함된다고 지적하고 담화표식이라는 것은 담화 속에서 정보내용과는 직접 관계되지 않지만,「정보내용 이해를 돕는다」「회화자 사이의 커뮤니케이션을 원활하게 한다」「회화자 사이의 인간관계를 원활하게 한다」 등 이야기의 흐름 속에서 담화 속의 정보를 마크하는 기능을 하고 있다고 지적하고 주로 접속사를 중심으로 연구를 진행하고 있다. 니시노는 이와 같은 여러 가지 기능을 마크하는 담화표식에 의해 우리들은 회화를 둘러싼 콘텍스트를 조정하여 회화를 성립시키는 것이고 이와 같은 회화의 흐름 속에 있는 한 가지 한 가지 요소를 자세하게 살펴봄으로서 언어 사용법의 보다 큰 메커니즘이 해명된다고 기술하고 있다.

또한 미마키(1993)는「정보내용 이해를 돕는다」「회화자 사이의 커뮤니케이션을 원활하게 한다」「회화자 사이의 인간관계를 원활하게 한다」라는 니시노 (1993)의 정의에 따라 담화표식을 ①담화의 내용 이해를 촉진하는 마커, ②담화의 전개를 나타내는 마커, ③회화자 간의 인간관계에 대한 마커 3가지로 나누어 각각을 ①담화이해 표식, ②담화전개 표식, ③인간관계조절 표식이라고 정의하고 있다. 미마키는 이들 ①담화이해 표식, ②담화전개 표식, ③인간관계조절 표식을 다음과 같이 정의하여 연구를 진행하고 있다.

① 담화이해 표식:발화내용(어휘적 정보, 문법적 정보, 배경지식 등), 혹은 화자의 발화의 의도(어용론적)가 바르게 상대에게 전달될 수 있도록 사용하는 마커이다.

　예) 지시, 치환, 생략, 어휘적 수단, 접속사 등의 결속성을 나타내는 마커나 화자가 내용 이해를 촉진시키기 위해 담화 속에서 발화하는 말이나 표현, 그것에 주석을 추가하는 메타링걸 언어행동 등

② 담화전개 표식:「화제를 전환한다」「본론에 들어간다」「담화의 종결을 향해 나아간다」등 담화의 구조와 구성 속의 위치를 나타내는 것, 혹은 결론 등 중요 부분을 강조하여 나타내거나 담화전개상 중요도를 다른 것보다 강조시켜 나타내는 등 담화전개에 관련하여 화자가 상대에게 보내는 신호이다.

　예) 언어면 : 접속사, 응답사, 맞장구, 감동사, 대우레벨 시프트, 메터언어, 소리의 크기·높이·상태의 변화, 스피드의 변화, 인토네이션, 악센트, 프로미넌스의 변화, 포즈, 휠러(filler) 등

　　비언어면 : 표정의 변화, 자세의 변화, 제스추어, 목의 움직임,

시선, 기침, 숨소리 등

③ 인간관계조절 표식:상대에 대한 호의, 공감, 존경, 친숙함 등의
플러스적인 감정을 나타내며, 양호한 인간 관계를 유지·증진하
여 원활한 커뮤니케이션을 촉진시키는 기능을 갖는 경우가 많다.
단, 인간관계 조절표식은 적의, 반감, 야유 등을 직접·간접적으
로 나타내는 경우도 있다. 이와 같이 인간관계 조절표식은 플러
스 방향뿐만 아니라 마이너스 방향도 포함한 태도·자세 등을 나
타낸다.

예) 대우레벨·시프트, 양해를 구하는 행동, 비언어적 마커(미소,
윙크, 제스추어, 노려보는 시선 등) 등

메이나드(1992, 1997)는 일반적으로 담화표식으로 불리는 형식을
담화의 모달리티표식으로 정의하여, 진술부사, 접속의 표현, 간투·종
조사, 조동사, 표현의 스타일 등이 담화의 모달리티표식에 포함된다고
기술하고 있다.

이상과 같이 다쿠보(1985)는 응답사, 감동사, 니시노(1993)는 주로
접속사, 미마키(1993)는 접속사, 응답사, 맞장구, 감동사나 비언어형식
등을, 메이나드(1992, 1997)는 진술부사, 접속의 표현, 간투·종조사,
조동사 등을 담화표식으로 인정하고 있다. 이와 같이 연구자에 따라
담화표식으로 다루고 있는 형식은 다양하지만 이것은 연구의 취지의
차이에 의한 것으로, ①정보내용에는 직접 관여하지 않지만, 회화의 내
용 이해와 인간관계 조절이라는 기능을 가지고 있다는 점, ②여러 가지
형식이 담화 속에서 담화표식으로 기능하고 있다는 점은 공통적이라고
할 수 있다.

따라서 본 연구에서는 담화표식을 화자가 효과적인 정보전달을 위해 사용하는 형식으로 담화 속에서 정보내용에는 관여하지 않지만, 「정보 내용 이해를 돕는다」 「회화자 사이의 커뮤니케이션을 원활하게 한다」 「회화자 사이의 인간관계를 원활하게 한다」(니시노1993) 등 화자가 그 정보를 효과적으로 전달하기 위하여 사용하는 형식으로, 기존의 문법 카테고리를 넘어 여러 가지 언어형식으로 성립된 것(Fraser1990, Schiffrin1987)이라는 정의 하에 연구를 진행시킨다.

이 「기존의 문법 카테고리를 넘는다」라는 것은 품사에 얽매이지 않고 다양한 형식이 담화표식으로서 기능하고 있다는 것이다. 다쿠보 (1995), 니시노(1993), 미마키(1993), 메이나드(1992) 등도 지적하고 있듯이 일본어에서는 접속사, 간투조사, 종조사, 부사, 감동사, 응답사 등이 담화 속에서 중요한 역할을 하고 있다. 그러나 이들 품사 모두가 담화표식으로 기능하고 있다고는 할 수 없다. 부사를 예로 들면, 「ヤハリ」는 일상 회화 속에서 빈번하게 사용되어 이야기의 내용과는 직접적인 관련을 갖지 않고 정보의 공유를 전제로 하고 있다는 담화레벨의 사항을 상대에게 나타내기 위한 마커로서 기능하고 있지만(「ヤハリ」에 대해서는 4.2.1.3절에서 자세히 다루기로 한다), 「ツネニ(常に)」는 회화보다는 문장 속에서 나타나기 쉬운 형식으로 문의 내용과도 직접적으로 관련을 맺고 있으므로 담화표식으로는 인정하기 어려운 면을 가지고 있다.

따라서 본 연구에서는 우선 각 방언의 설명적 장면에서 특히 높은 빈도로 사용되는 담화표식 중에서 상기의 정의에 의해 담화표식으로 인정할 수 있다고 생각되는 형식에 대해 다루기로 한다. 또한, 본 연구에서는 담화표식 그 자체의 분석이 목적이 아니라 그 사용법을 관찰함으로서 담화전개방법을 해명하는 것을 목적으로 하고 있으므로, 미마키(1993)와 같이 담화표식을 자세히 분류하는 작업은 하지 않는다. 또한, 이러한 담화표식에는 시선, 제스추어 등과 같은 비언어형식도 포함되지만(Schiffrin1987, 미마키1993 등), 본 연구에서는 구체적인 언어형식만을 다루기로 한다.

3.1.3 담화전개방법

담화전개방법을 다룬 연구에는 메이나드(1997), 가와구치(1998), 사토(1996), 가와우치(2004) 등이 있다. 메이나드(1997)는 주로 문장어를 중심으로 일본어의 담화를 분석하여 일본어의 담화의 특징을 「パトスのレトリック(파토스의 레토릭)」이라고 명명했다. 이 「パトス(파토스)」라는 것은 「ロゴス(로고스)」와 상대되는 개념으로 일반적으로 로고스는 남성원리인데 반해 파토스는 여성원리이고 서양과 동양을 비교할 때에도 전자가 로고스적, 후자가 파토스적이라고 일컬어지고 있다.

가와구치(1998)는 「パトスのレトリック(파토스의 레토릭)」중에서 「終わりで結ぶ(끝에서 맺는다)」라는 항목에 주목하여 일본어의 담화전개방법의 경향으로서 담화의 논지나 화자의 의견 등을 전달하는 문은 담화의 마지막에 온다는 것을 검증하였다. 그 이유로서 가와우치는 일본인의 의식 속에는 「가장 중요한 것은 직접 말해서는 안된다」는 미의식 같은 것이 존재한다고 지적하고 있다.

사토(1996)는 「담화전개의 두 가지 형태」에 대하여 기술하고 있는데, 「서술형 텍스트」와 「지시형 텍스트」가 그것이다. 「서술형 텍스트」라는 것은 신문·잡지의 기사나 소설 등의 「이야기(物語)」 장르에 속하는 텍스트가 전형적인 것으로 형식상으로는 평서문의 연속, 내용적으로는 「사건의 보고」나 「등장인물·장면의 묘사」가 해당된다. 이에 반해 「지시형 텍스트」는 조리법이나 취급설명서가 그 전형적인 것으로 형식상으로는 명령문의 연속, 내용적으로는 각종의 「지시」에 해당되는 것이다.

또한, 가와우치(2004)는 친한 친구끼리의 잡담에서 화제가 어떻게 전개되어 나가는지에 대해 논하고 있다.

이상에서 기술한 바와 같이 담화전개방법에 관한 연구는 주로 내용이나 화제를 다룬 연구가 많고, 담화전개방법이라고 하면 일반적으로 이를 가르키는 경우가 많다. 또한 제2장에서 소개한 바와 같이 구키타(1990)는 문의 내용이 주관적인지, 객관적인지 등에 의해 도쿄방언과 관서방언의 담화전개방법을 각각 「주관직정형」「객관설명누가형」이라고 설명하고 있고, 오키(1993ab)는 각 지역의 「축하의 인사」 표현의 담화를 구성하고 있는 요소를 추출하여 그 조합으로 이루어진 「담화형」을 기술하고 있는데, 이들 연구 역시 문의 내용에 주목한 연구이다.

그러나 이상에서 소개한 문의 내용을 대상으로 한 연구의 객관적 분석방법은 어렵고, 아직 확립되어 있지 않다고 생각된다. 특히 구기타(1990), 가와우치(2004)와 같이 하나의 담화 전체를 다룬 구어의 담화에서는 어떠한 화제가 선택되는가에 따라 그 내용이 좌우되기 쉽기 때문에 같은 조건에서의 비교가 매우 곤란하다.

따라서 본 연구에서는 화제의 영향을 받기 어렵고 구체적인 형식으로 객관적 분석이 가능하다고 생각되는 담화표식에 주목하여 고찰을 진행하도록 한다.

본 연구에서의 「담화전개방법」이라는 것은 이상에서 소개한 바와 같이 정보 내용에 직접 관여하지는 않지만, 그 내용을 효과적으로 전달하기 위해 화자가 사용하는 담화표식에 주목한 것이다. 즉, 담화에서 화자가 어떠한 종류의 담화표식을 어떻게 사용하여 이야기를 전개시켜 나가는지 그 방법을 가리키는 것으로 소위 이야기의 진행법이라고 불리는 것이다.

3.2 조사의 개요

여기에서는 본 연구를 위해 시행한 조사의 개요, 즉, 조사지역 및 조사대상자, 조사 시기, 조사 장소, 조사 방법, 담화자료 등에 대해 기술한다.

3.2.1 조사지역

본 연구에서 다루는 조사지역은 도쿄도 시나가와구(도쿄방언), 오사카부 오사카시(오사카방언), 미야기현 센다이시(센다이방언)이다.

도죠이사오(東条操)는 일본의 방언은 크게 본토방언과 류큐방언으로, 본토방언은 또한 동부방언, 서부방언, 규슈방언으로 분류된다고 지적하고 있다(고바야시・시노자키2003). 도쿄방언은 이와 같은 방언구획 상으로는 동부방언 중 서간토방언(西関東方言)에 속하고 그 역사적 배경에 따라 시타마치방언(下町方言), 야마노테방언(山の手方言), 다마방언(多摩方言)으로 분류된다. 이 중에서 특히 야마노테방언은 공통어의 토대가 되는 방언으로 표준어에 가장 가깝다고 일컬어지고 있는 방언이다(尚学図書館1989). 이에 대해 오사카방언은 서부방언의 중심을 이루는 긴키방언(近畿方言)에 속하는 방언으로 그 주변지역으로의 영향력이 매우 높은 방언이다. 이들 두 방언은 일본의 방언을 동과 서로 크게 나누었을 때 실로 양 방언을 대표하는 방언으로, 이들두 방언에 대한 이미지는 모어화자에게도 비모어화자에게도 명확하다고 일컬어지고 있다(시부야2004). 또한 센다이방언은 동부방언 중 도호쿠방언(東北方言)에 속하고, 그 중에서도 아오모리, 아키타, 이와테방언이 속해 있는 호구오방언(北奥方言)에 대해 야마가타방언과 함께난오방언(南奥方言)으로 분류되는 방언이다.

본 연구에서 이들 지역을 다루는 이유는 우선 센다이방언은 필자가거주하는 지역으로 지리적으로 가깝고 다른 방언보다 다루기 쉽다는장점 때문에 연구의 제1단계로서 다루었다. 또한, 센다이방언이 속하는도호쿠방언은 규슈방언과 함께 일본 방언 중에서도 특징 있는 방언 중의 하나로 일컬어지기 때문에 도호쿠방언의 대표적 방언인 센다이방언을 대상으로 하는 것은 어느 정도 의의가 있다고 판단했다. 또한 도쿄방언, 오사카방언은 위에서 기술한 바와 같이 지역차가 명확하게 인정되는 일본의 대표적 방언으로 담화전개방법에서도 그 차이가 어느 정도 예상되기 때문에 다루었다.

앞으로 방언구획 상 이들 방언과 크게 차이를 보이는 규슈방언이나서부방언인 주코쿠방언(中国方言), 시코쿠방언(四国方言)에 대해서도 연구를 진행시켜 나갈 예정이다.

3.2.2 조사대상

본 연구에서는 각 방언의 전통적 담화전개방법을 고찰하기 위해 고년층 화자를 대상으로 한다. 그 중에서도 그 지역 특유의 담화전개방법을 고찰하기 위해 그 지역에서 태어나 자란 화자를 대상으로 했다. 화자 중에는 전쟁으로 인한 피난이나 일, 진학 등으로 외주력(外住歷)이 있는 경우도 있지만 가능한 한 그 기간이 짧은 사람을 선택했다.

본 연구에서는 우선 담화전개방법의 지리적 변이(지역차)를 밝히기 위해 일본의 대표방언인 도쿄방언·오사카방언의 고년층, 센다이방언의 고년층을 대상으로 한다.

또한, 센다이방언의 고년층·약년층도 동시에 다룸으로서 담화전개방법의 사회적변이(세대차)에 대해서도 밝히기로 한다. 고년층과 약년층 두 세대를 다루는 이유는 실제로 일상적으로 행해지는 회화를 관찰해 보면 이 두세대의 담화전개방법에 명확한 세대차가 인정된다고 예상되기 때문이다.

또한, 남녀차에 대해서는 본 연구에서는 다루지 않기로 한다. 단, 성별에 의한 차이는 종조사를 중심으로 어느 정도 인정되는 것도 사실이다. 예를 들면, 센다이방언의 여성은 「크차(↗)」, 남성은 「ッチャ」를 다용하는 경향이 있다. 그러나 이들은 형식의 차이일 뿐 정보의 공유를 확인하는 「정보공유확인」 마커라는, 기능으로서는 같은 역할을 하고 있다. 본 연구는 담화표식의 기능의 종류에 주목한 것으로 형식의 차이는 실질적으로 문제로 삼지 않는다. 앞으로 남녀차에도 주의하면서 연구를 진행시킬 예정이지만, 현재의 시점에서 기능면에서의 담화표식의 남녀차는 작다고 예상된다. 또한, 직업 등에 의한 차이에 대해서는 현재까지 수집한 자료를 보는 한 크게 영향을 끼치지 않는다고 생각되기 때문에 본 연구에서는 언급하지 않기로 한다.

본 연구에서 대상으로 한 조사대상자는 다음과 같다.

<표1> 인포먼트 구성표

지역	세대	남성	여성	합계	
센다이	고년층 약년층	11人 5人	10人 5人	21人 10人	31人
도쿄	고년층	9人	2人	11人	
오사카	고년층	5人	5人	10人	

<표1>로부터 지역에 따라 인원수의 차이가 있는데, 이것은 처음에 실시한 센다이방언의 고년층 조사결과를 참고로 어느 정도 일반성을 추출할 수 있다고 생각되는 최저 10명 정도를 대상으로 한 것이다. 앞으로 필요에 따라 인원수를 늘려 연구를 진행시킬 예정이다.

3.2.2.1 센다이방언

센다이방언에서는 다음과 같은 두 가지의 연령 구분을 설정했다.
 ·고년층 : 50세 이상
 ·약년층 : 20, 30대
화자의 정보는 다음과 같다. 화자에 대해서는 본명을 기술하지 않고, 알파벳의 머리글자로 나타냈다.

 · **고년층여성**
① Y·K : 쇼와 21년생, 당시 54세, 센다이시 아오바구 가타히라, 회사원
② T·H : 쇼와 21년생, 당시 55세, 센다이시 아오바구 아라마키아 자아오바, 회사원

③ T · K : 쇼와 20년생, 당시 57세, 센다이시 아오바구 하치만, 다도
　　　　　선생님

④ I · K : 쇼와 19년생, 당시 57세, 센다이시 아오바구 구니미, 주부

⑤ H · Y : 쇼와 19년생, 당시 57세, 센다이시 다이하쿠구 사쿠라기
　　　　　마치, 보모

⑥ T · Y : 쇼와 16년생, 당시 60세, 센다이시 다이하쿠구 와카바마
　　　　　치, 주부

⑦ T · M : 쇼와 6년생, 당시 71세, 센다이시 아오바구 하치만, 주부

⑧ H · K : 다이쇼 15년생, 당시 74세, 센다이시 아오바구 기마치도
　　　　　오리, 상점 경영

⑨ H · K : 다이쇼 14년생, 당시 74세, 센다이시 와카바야시구 츠치
　　　　　토이, 상점 경영

⑩ O · H : 다이쇼 12년생, 당시 77세, 센다이시 미야기노구 츠바메
　　　　　자와, 주부

· 고년층남성

① T · S : 쇼와 25년생, 당시 52세, 센다이시 아오바구 하치만, 회사
　　　　　원

② S · T : 쇼와 24년생, 당시 52세, 센다이시 와카바야시구 우에이
　　　　　다, 회사원

③ A · H : 쇼와 20년생, 당시 56세, 센다이시 다이하쿠구 니시노히
　　　　　라, 회사 중역

④ H · T : 쇼와 17년생, 당시 59세, 센다이시 다이하쿠구 사쿠라기
　　　　　마치, 회사원

⑤ M・N : 쇼와 15년생, 당시 61세, 센다이시 아오바쿠, 전 공무원

⑥ C・M : 쇼와 6년생, 당시 69세, 센다이시 미야기노구 히가시센다이, 전 제약회사 근무

⑦ K・K : 쇼와 5년생, 당시 71세, 센다이시 아오바구 하치만, 전 전력회사 근무

⑧ N・T : 쇼와 1년생, 당시 74세, 센다이시 와카바야시구 미나미고이즈미, 전 교원

⑨ N・A : 다이쇼 15년생, 당시 74세, 센다이시 아오바구 기타야마, 전 전력회사 근무

⑩ K・S : 다이쇼 14년생, 당시 74세, 센다이시 다이하쿠구 시카노, 전 국철 직원

⑪ H・K : 다이쇼 4년생, 당시 86세, 센다이시 아오바구 고쿠분쵸, 상점 경영

・**약년층여성**

① K・M : 쇼와 53년생, 당시 23세, 센다이시 이즈미구 츠루가오카, 대학원생

② T・M : 쇼와 52년생, 당시 24세, 센다이시 아오바구 츠노고로, 대학원생

③ M・E : 쇼와 49년생, 당시 27세, 센다이시 아오바구 아사히가오카, 대학원생

④ S・K : 쇼와 47년생, 당시 30세, 센다이시 다이하쿠구 오노다, 주부(파트타임)

⑤ A・S : 쇼와 46년생, 당시 31세, 센다이시 아오바구 히가시테루

미야, 강사

· 약년층남성

① N · N : 쇼와 54년생, 당시 23세, 센다이시 이즈미구 가모마치,
　　　　대학원생

② S · A : 쇼와 53년생, 당시 24세, 센다이시 와카바야시구 다이와
　　　　쵸, 대학원생

③ H · Y : 쇼와 49년생, 당시 26세, 센다이시 다이하쿠구 사쿠라기
　　　　마치, 대학원생

④ T · G : 쇼와 49년생, 당시 27세, 센다이시 다이하쿠구 야기야마
　　　　혼마치, 대학원생

⑤ S · S : 쇼와 46년생, 당시 30세, 센다이시 아오바구 나카야마,
　　　　교원

3.2.2.2 도쿄방언

도쿄방언에서는 50세 이상의 고년층을 대상으로 했으며 구체적 화
자의 표기법은 센다이방언과 같다.

· 고년층여성

① T · K : 쇼와 10년생, 당시 68세, 시나가와구 니시오이, 주부

② N · K : 쇼와 19년생, 당시 69세, 시나가와구 나카니와, 주부

③ K · M : 쇼와 18년생, 당시 71세, 시나가와구 니시고탄다, 주부

④ M · K : 쇼와 17년생, 당시 71세, 시나가와구 오이, 주부

⑤ S · K : 쇼와 15년생, 당시 73세, 시나가와구 기타시나가와, 주부

⑥ W・H : 쇼와 14년생, 당시 74세, 시나가와구 나카니와, 주부

⑦ S・S : 쇼와 14년생, 당시 74세, 시나가와구 히가시시나가와, 주부

⑧ T・H : 쇼와 12년생, 당시 76세, 시나가와구 도코시, 주부

⑨ K・S : 다이쇼 14년생, 당시 79세, 시나가와구 나카니와, 주부

・**고년층남성**

① K・K : 쇼와 16년생, 당시 63세, 시나가와구 고탄다, 빌딩 관리

② S・Y : 다이쇼 13년생, 당시 79세, 시나가와구 도요마치, 전 회사원

3.2.2.3 오사카방언

오사카방언에서는 센다이・도쿄방언과 마찬가지로 50세 이상의 고년층을 대상으로 했다. 구체적 표기법은 센다이・도쿄방언과 같다.

・**고년층여성**

① K・K : 쇼와 25년생, 당시 53세, 오사카시 주오구 도키와쵸, 주부

② S・J : 쇼와 11년생, 당시 67세, 오사카시 니시구 미나미호리에, 주부

③ Y・S : 쇼와 6년생, 당시 73세, 오사카시 히가시스미요시구 니시이마가와, 주부

④ H・K : 쇼와 4년생, 당시 75세, 오사카시 히가시나리구 후카에미나미, 주부

⑤ M・M : 다이쇼 9년생, 당시 83세, 오사카시 후키타시 모모야마

다이, 주부

· **고년층남성**

① O·T : 쇼와 15년생, 당시 63세, 오사카시 니시구 기타호리에, 무직

② N·T : 쇼와 11년생, 당시 67세, 오사카시, 무직

③ N·M : 쇼와 8년생, 당시 70세, 오사카시 히라노구 기렌, 무직

④ W·K : 쇼와 7년생, 당시 70세, 오사카시 요도가와구 기카와 히 가시, 잡곡업

⑤ K·R : 다이쇼 9년생, 당시 83세, 오사카시 히가시요도가와구 즈이코, 전 은행원

3.2.3 조사시기 및 조사장소

본 연구에서 사용하는 담화자료는 다음 조사에 의해 수집한 것이다.

① 조사시기 : 2003년 11월~2004년 3월(도쿄)

2003년 11월~2004년 3월(오사카)

2000년 6월~2002년 6월(센다이시)

② 조사장소 : 시나가와구 구민센터, 고탄다 문화센터(도쿄)

오사카 시내의 찻집(오사카)

인포먼트의 자택, 동북대학 국어학연구실,

센다이 시내의 찻집 (센다이시)

3.2.4 조사방법

조사는 면접에 의한 질문을 중심으로 했다. 즉 필자가 직접 인포먼트를 만나 다음에 제시하는 항목과 같이 여행이나 그 지역의 방언·명물 등 10항목에 걸친 질문을 하여 그에 대해 화자가 설명하는 장면을 분석대상으로 했다. 청자인 필자, 화자와 필자 양쪽의 지인은 끄덕임과 같은 가벼운 동의를 표시하고는 있지만, 그것은 내용과 직접 관련되는 것은 아니다. 질문에 의한 설명적 장면을 다루는 이유는 실제 매우 복잡한 구조를 보이는 회화장면보다 다루는 것이 용이했기 때문이다. 앞으로 회화장면에 대해서도 다루어 갈 예정이다. 또한, 그 지역 특유의 담화 전개방법을 밝히기 위해서는 그 지역 방언화자끼리 이야기하는 담화자료를 다루는 것이 바람직하다고 생각된다. 그러나 본 연구에서 그 지역 방언화자끼리 이야기하는 담화자료가 아닌, 필자에 대한 담화를 다루는 이유는 지역 방언화자끼리 이야기하는 담화는 회화로 흘러가기 쉽기 때문에 필자가 대상으로 하고 있는 설명적 장면을 수집하기가 곤란했기 때문이다. 물론 필자는 그 지역 출신이 아니고 게다가 유학생이기 때문에 화자에게 있어서 방언적 특징이 나오기 어려운 조사환경이라는 문제점은 있다. 그러나 앞서 언급한 바와 같이 필자는 음운, 악센트, 어휘, 문법 등의 언어의 구조면은 공통어화하더라도 이야기 전개방법은 방언적 특징이 남는다는 것을 전제로 하고 있다. 즉, 담화표식의 사용은 사람들의 의식을 넘는 부분으로 담화표식은 비교적 공통어로의 전환이 행해지기 어려운 부분이라 생각된다. 실제 센다이방언에서 각 방언화자끼리의 설명적 장면과 공통어화자나 필자를 상대로 한 설명적 장면을 비교한 결과, 담화전개방법은 변하지 않는다는 것을 알 수 있었다. 또한, 본 연구에서 사용하는 담화자료는 조사 개시 후 30분 이상이 경과된, 화자가 어느 정도 릴렉스한 상황에서 이야기한 자연적인 담화를 대상으로 했다. 나아가 본 연구에서 대상으로 하는 세 방언은 모두 필자의 조사라는 점에서 통일되어 있고, 그런 점에서 위와 같은 문제점이 있다고 하더라도 일정 결론을 도출하는 것은 가능하다고 생각된다.

본 연구에서 대상으로하는 담화자료는 센다이 방언의 고년층의 담화자료, 합계 약 23시간(총담화수 410개), 센다이 방언의 약년층의 담화자료, 약 10시간(총담화수 227개), 도쿄방언의 담화자료, 합계 약 7시간(총담화수 276개), 오사카 방언의 담화자료, 합계 약 8시간(총담화수 282개)정도의 녹음 자료를 문자화한 것이다.

제시한 화제(질문항목)

<고년층>

話題1 ○○方言について
　○○方言にはどういうものがあるか教えてください。
　あなたは, そういう○○方言をよく使いますか, または, よく聞きますか。

話題2 談話展開の方法の地域差について
　自分の地域以外の人と話をすると違和感を感じますか
　もし, 感じると答えた場合
　→ どういうところで感じますか。
　(音韻, アクセント, 文法, 語彙, 話し方など)。
　もし, 話し方という答えがなかった場合
　→ 話し方が異なると感じたことはありますか。

話題3 ○○を代表するものについて

○○を代表する祭りには何があるか教えてください。

○○を代表する食べ物には何があるか教えてください。

○○を代表する観光地にはどこがあるか教えてください。

その他，○○を代表するものには何がありますか。

話題4 最近の若者について

最近の若者の犯罪についてどう思いますか。

→ 例えば，少年犯罪など

話題5 趣味について

今，夢中になっていることがありましたら教えてください。

→ 例えば，書道，茶道，料理など

話題6 昔の思い出話について

子供の時の思い出話を聞かせてください。

→ 例えば，遊び方など

結婚式の思い出話を聞かせてください。

話題7 戦争について

戦争を経験していますか，その時の話を聞かせてください。

→ 例えば，出征，食糧難など

話題8 天災について

最近，地震が頻繁に起きていますが，以前，大きい地震を経験したことがありますか，その時の話を聞かせてください。

→ 例えば，被害の程度など

話題9 旅行について

旅行をしたことがありますか，その時の話を聞かせてください。

→ 例えば，国内旅行，海外旅行など

また，旅行でまわりたいところがありますか。

→ 例えば，国内旅行，海外旅行など

> **話題10 その他**
>   好きなテレビ番組, 好きな芸能人について話してください。
>   → 例えば, 笑点など

*○○는 센다이, 도쿄, 오사카 등의 지역을 나타낸다.

<약년층>

> **話題1 ○○方言について**
>   ○○方言にはどういうものがあるか教えてください。
>   あなたはそういう○○方言をよく使いますか, または, よく聞き
>   ますか。
> **話題2 談話展開の方法の地域差について**
>   自分の地域以外の人と話をすると違和感を感じますか。
>   もし, 感じると答えた場合
>   → どういうところで感じますか。
>   (音韻, アクセント, 文法, 語彙, 話し方など)
>   もし, 話し方という答えがなかった場合
>   → 話し方が異なると感じたことはありますか。
> **話題3 ○○を代表するものについて**
>   ○○を代表する祭りには何があるか教えてください。
>   ○○を代表する食べ物には何があるか教えてください。
>   ○○を代表する観光地にはどこがあるか教えてください
>   その他, ○○を代表するものには何がありますか。
> **話題4 最近の若者について**
>   最近の若者の犯罪について, どう思いますか。
>   → 例えば, 少年犯罪など

話題5 趣味について

　　今，夢中になっていることがありましたら教えてください。

　　　→ 例えば，書道，茶道，料理など

話題6 昔の思い出話について

　　子供の時の思い出話を聞かせてください。

　　　→ 例えば，遊び方など

話題7 仕事についての話

　　自分の仕事(専門分野)について話してください。

話題8 天災について

　　最近，地震が頻繁に起きていますが，以前，大きい地震を経験し
　　たことがありますか，その時の話を聞かせてください。

　　　→ 例えば，被害の程度など

話題9 旅行について

　　旅行をしたことがありますか，その時の話を聞かせてください。

　　　→ 例えば，国内旅行，海外旅行など

　　また，旅行でまわりたいところがありますか。

　　　→ 例えば，国内旅行，海外旅行など

話題10 その他

　　本をよく読みますか，好きな本の内容やその本が好きな理由につ
　　いて聞かせてください。

　　また，好きなテレビ番組，好きな芸能人について話してくださ
　　い。

　　　→ 例えば，ドラマなど

3.3 분석방법

본 연구에서는 다음 분석방법에 의해 논을 전개한다.

(1) 우선 센다이방언, 도쿄방언, 오사카방언의 담화자료로부터 각 방언의 설명적 장면에서 사용되는 담화표식을 추출하여 그들 형식이 담화속에서 어떠한 역할을 하고 있는지 그 기능을 검토한다.

(2) 다음으로 담화표식의 출현경향, 즉 담화표식의 출현빈도와 조합패턴을 구체적 사례와 함께 제시한다. 구체적으로는,

① 각 방언의 담화전개의 특징을 전형적으로 나타내는 담화자료를 제시함으로서 각 지역의 화자가 어떠한 담화표식을 어떻게 사용하여 담화를 전개시키는지 담화전개의 구체적 사례를 제시한다.

② 담화표식의 출현빈도를 모두 제시함으로서 담화표식이 어느 정도 사용되어 이야기가 전개되는지를 검토한다.

③ 담화표식의 조합패턴을 제시함으로서 담화표식이 구체적으로 어떻게 조합되어 이야기가 전개되는지를 검토한다.

(3) 마지막으로 센다이방언·도쿄방언·오사카방언의 고년층 화자의 담화표식의 출현경향, 센다이방언의 고년층·약년층의 담화표식의 출현경향을 비교하여 각 방언의 담화전개방법의 지리적변이(지역차), 센다이방언의 담화전개방법의 사회적변이(세대차)를 밝히기로 한다.

―――――――――― 제4장 ――――――――――
센다이방언의 담화전개방법

4.1 본장의 목적

본장에서는 센다이방언의 전통적 담화전개방법을 밝히기 위해 고년
층을 대상으로 화자가 설명적 장면에서 어떠한 담화표식을 어떻게 사
용하여 이야기를 전개시켜 나가는지를 담화표식의 출현경향을 분석함
으로서 밝히기로 한다.

4.2 센다이방언의 담화전개방법

본 절에서는 센다이방언의 담화전개방법을 고찰하기 위해 우선 센다
이방언의 설명적 장면에서 사용되는 담화표식에 대해 그 기능을 검토
한다. 다음으로 이들 담화표식의 출현경향, 즉 담화표식의 출현빈도와
조합패턴을 구체적 사례와 함께 제시함으로서 센다이방언의 담화전개
패턴의 전체상을 밝히기로 한다.

4.2.1 담화표식과 그 기능

센다이방언화자는 설명적 장면에서 여러 가지 형식의 담화표식을 사용하여 이야기를 전개시키고 있다. 그 중에서도 특히 「ダカラ」「ソレデ」「ソースルト」「ソシテ」「ソーシタラ」「ヤハリ」「ホラ」「ネ」「サ」「デショー」「ヨネ」「ッチャ」「ッチャネ」「ウン」「エ」(대표형) 등을 사용하는 경향이 있다. 이들 형식의 품사는 접속사(「ダカラ」「ソレデ」「ソースルト」「ソシテ」「ソーシタラ」), 부사(「ヤハリ」), 감동사(「ホラ」「ネ」「ウン」「エ」), 간투조사(「ネ」「サ」), 조동사・종조사(「デショー」「ネ」「サ」「ヨネ」「ッチャ」) 등 여러 가지이지만 어떠한 형식도 설명적 장면에서 효과적인 정보전달에 중요한 역할을 하고 있다.

따라서 본 절에서는 센다이방언의 담화자료를 검토하여 이들 담화표식이 이야기 흐름 속에서 어떻게 기능하고 있는지 그 한 가지 한 가지 형식의 기능에 대해 고찰했다.

이하 공통어에서의 담화표식의 연구결과를 참고로 센다이방언의 설명적 장면에서 사용되는 담화표식의 기능에 대해 고찰한다.

4.2.1.1 「ダカラ」의 기능

일반적으로 접속사 「ダカラ」는 다음 예와 같이 앞에서 기술한 사항이 뒤에서 기술하는 사항의 원인・이유가 됨을 나타낸다.

예) 今日の天気予報によると, 午後から雨が降るそうだ。
　　 <u>だから</u>, 私は傘を持って出かけた。

오카베(1998)는 이와 같은 「ダカラ」에 대해 「전건 P를 사고상의 명제 Q와 관계시킨다」라고 기술하고 있고, 구마자키(1999)는 「화자의 판단이나 주관만을 나타내는 문에 적합이다」라고 기술하고 있다. 이 오카베(1998), 구마자키(1999)의 연구는 소위 전건과 후건을 주관적 인과관계로 연결시킨다는 문법레벨에서의 기능이다. 그러나 실제 담화 속에서 사용되는 「ダカラ」를 관찰해 보면 오카모토·다몬(1998), 하스누마(1991), 메이나드(1993) 등에서도 지적하고 있듯이 오카베, 구마자키 양자가 지적하는 용법만으로 해결되지 않는 용법이 존재한다. 즉, 「ダカラ」는 실제 담화 속에서 이와 같은 인과 관계의 표시라는 접속사로서의 용법 이외에도 다음에 제시하는 다양한 용법을 지닌다. 우선 오카모토·다몬(1998)은 담화에서 사용되는 「ダカラ」에는 다음과 같은 10가지의 용법이 인정된다고 지적하고 있다.

① 결론의 정당화 : 전건이 후건을 결론 짓는 이유가 됨을 나타낸다.
　　예) 太郎は風邪をひいた。
　　　　だから, 学校を休んだんだ{よ/ね}。
② 결과의 기술 : 전건이 원인이 되어 후건의 확정적 사실이 결과로서 생김을 나타낸다.
　　예) L : 山田さんは気が利くね。
　　　　S : *だから*, 会社でも人気があるよ。
③ 결과의 추측 : 전건을 근거로 가능성 있는 사태에 대해 추측적인 판단을 한다.
　　예) 部屋の明かりが消えている。
　　　　だから, 花子はいないと思うよ。

④ 행동지시/선언 : ③과 같이 전건에 의거하여 추론이 행해지지만, 그 결과로서 후건에 오는 것은 명제가 아니라 상대가 취할 행동 (의뢰, 명령, 권함 등의 행동지시)이나 화자 자신의 행동의 선언 이다.

　예) L : この辞書おかしいよ。

　　　S : *だから*, 出版社に言ってやれば。

⑤ 이유의 설명 : 전건이 계기가 되어 제기된 의문에 대하여 후건에 서 그 원인·이유를 기술한다.

　예) L : 山田さん寝込んだね。

　　　S : *だから*, 働きすぎなんだよ。

⑥ 설명의 보충 : 후건에서 전건에 관계되는 사항에 대해 설명함으로 서 정보를 보충하는 경우이다.

　예) L : ニューオータニのプールの券があるの。

　　　S : ああ。

　　　L : *だから*, 4枚あるからねえ。

⑦ 지식공유의 확인 : 이전에 화제가 된 일 자체를 상대가 모르는 경우에 발화된다.

　예) L : 今日どうするの?

　　　S : *だから*, 買い物に行くんじゃないの?

⑧ 현장지식의 확인 : 현장의 정황으로부터 상대가 사실을 이해할 수 있을 것이라고 기대되지만, 그렇지 못할 경우 확인할 필요가 있을 때에 사용된다.

　예) L : (晩御飯のおかず)今夜何?

　　　S : 今夜, *だから*ね。 (넙치를 가리킨다)

⑨ 설명계속의 신호 : 설명을 계속해 가기 위한 단순한 신호가 된다.

　　예) S : それにわたし, ちょっと12月がいろいろね, あるんです
　　　　　よ。

　　　　L : あ, そうですか。

　　　　S : <u>だから</u>, あの, ほら, 子供の方のまあ, ね, 事も, ちょっと,
　　　　　こ, ちょっとしなくちゃいけない事があって。

⑩ 발화행위의 명시 : 후건에 「と言うんです」「と言ったでしょう」
　　등의 수행동사를 부가하여 발화행위 자체를 기술, 명시하는 형식
　　을 취한다.

　　예) (맥주 케이스를 베란다에 내어 놓으면서)

　　　　L : そこ, 日あたらんから。

　　　　S : <u>だから</u>よ。一番いいって言うのよ。

　　오카모토・다몬(1998)의 연구는 담화에서의 「ダカラ」의 용법을 상
기와 같이 상세히 나누어 분석한 연구라고 할 수 있지만, 이는 담화
중에서도 회화장면을 대상으로 한 연구이다. 필자가 대상으로 하고 있
는 설명적 장면은 앞서 기술한 바와 같이 「한 사람의 화자가 상대의
정보요구에 대해 설명을 행하고 있는 장면」이라는 한정된 장면으로 완
전한 회화장면과는 성질이 조금 다르다고 할 수 있다. 때문에 설명적
장면에서만 나타난다고 생각되는, 예를 들면 상대의 정보요구에 대해
발화권을 취득하기 위한 「ダカラ」의 용법(본 연구에서의 「발화권취
득」)에 대한 지적이 오카모토・다몬(1998)에서는 인정되지 않는다.

　　그러나 필자의 연구대상 또한 회화장면의 일부이기 때문에 오카모
토・다몬(1998)이 지적하는 ①결론의 정당화, ②결과의 기술, ③결론

의 추측, ⑤이유의 설명(이상, 본 연구에서의 「발화권유지」의 하위분류인 「인과관계표시의 신호」), ⑥설명의 보충(본 연구에서의 「발화권유지」의 하위분류인 「설명보충의 신호」), ⑨설명계속의 신호(본 연구에서의 「발화권유지」의 하위분류인 「설명계속의 신호」)와 같은 용법은 설명적 장면에서도 인정된다. 그러나 회화장면에서만 나타나는 ④행동지시/선언, ⑦지식공유의 확인, ⑧현장지식의 확인, ⑩발화행위의 명시와 같은 용법은 센다이방언의 설명적 장면에서는 인정되지 않는다.

또한, 하스누마(1991)는 「ダカラ」는 일반적으로 원인·이유로부터 결과·귀결을 이끄는 접속사로 주로 한 명의 화자·필자에 의해 전개되는 독화에 나타나는 용법이라고 기술하고 있다. 그러나 화자가 교체되는 대화1)에서는 이와 같은 성격만으로는 설명할 수 없는 용법, 즉 인과관계만으로는 설명할 수 없는 용법이 존재하고, 그러한 대화에서의 「ダカラ」의 기능에 대해 하스누마(1991)는 다음 두 가지 용법을 들어 설명하고 있다.

① 청자의 발화 의도의 명확화를 요구하는 타입

　　예) 由子「私には, よく分かったのよ, 桐子が秋山さんを好き
　　　　　だって気持ちが……」

　　　桐子「だから, どうだって言うの?」

② 청자의 바른 이해를 요구하는 타입

　　예) 幸子「生むもの」

---

1) 대화(dialogue, 상호적)는 담화의 일종으로 독화(monologue, 일방적)에 대(対)한 용어이다. 대화는 두 사람의 화자가 서로 이야기하는 경우를, 회화(coversation, 같이)는 두 사람 이상의 화자가 번갈아 이야기하는 경우를 가리킨다(『日本国語大辞典』).

耕一「いいか, 俺は, 子供がほしいけど」

幸子「*だから*, 産むから」

耕一「お前が, 死んじまったら, なんにもならないだろう」

하스누마(1991)의 연구는 청자의 발화 의도의 명확화를 요구하는 타입, 청자의 바른 이해를 요구하는 타입 등 종래의 연구에서는 언급하고 있지 않았던「*ダカラ*」의 용법에 대해 지적하고 있다. 그러나, 하스누마(1991)도 회화장면에서만 나타나는「*ダカラ*」용법의 연구로 필자가 다루는 설명적 장면에서 이러한 용법은 인정되지 않는다.

또한, Maynard(1993)는「*ダカラ*」의 기능을 의미(다음례①), 운용(다음례②), 회화관리(다음례③)의 각 레벨로 나누어 분석하여「*ダカラ*」가 다음과 같은 기능을 갖는다고 기술하고 있다.

① 인과관계를 나타낸다.

　예) 子供がおおけがをした。

　　　だから, 母親はすぐ病院に連れていった。

② 설명을 첨가한다.

　예) B : 全然知らなかったそれは, ううん。

　　　A : うん, *だから*, あの, 語学研究所で話しなかったっけ?一

　　　　緒の奴がね, 西山って奴なんだけど, そいつと知り合い

　　　　だったの。

③ 발화권을 양도한다.

　예) A : そのうちにふたつね, 前期だけのと, 後期だけのとあるわ

　　　　けよね, *だから*。

B : あ、そうかそうか。

　Maynard(1991)는 회화관리면에서 발화권을 양도한다는 종래의 연구에서 지적하고 있지 않았던「ダカラ」의 용법에 대해 지적하고 있고, 회화장면이기는 하지만 운용의 면에서「설명을 누가한다」는 지적은 후술하는 필자의 설명적 장면에서의「ダカラ」의 용법, 즉「설명계속의 신호」「설명보충의 신호」「인과관계의 표시」의 방법으로 발화권을 유지하여 설명을 누가하는 용법에 해당된다고 생각된다. 이것은 회화장면, 설명적 장면이라는 성질이 차이는 있지만 필자가 다루는 설명적 장면이 회화장면의 일부이기 때문일 것이다. 그러나 회화장면에서만 나타나는 Maynard(1993)의「발화권을 양도한다」는 기능은 설명적 장면에서는 나타나지 않는다. 그 대신 설명적 장면에서는 상대의 정보 요구에 대해 발화권을 취득하는 기능이 인정된다.

　이와 같이 오카베(1998), 구마자키(1999)가 지적하는「ダカラ」의 주관적 인과관계에 의해 전건과 후건을 연결하는 문법기능이 오카모토・다몬(1998), 하스누마(1991), Maynard(1993)가 지적하는 담화기능으로 변화한 이유에 대해 고니시(2003)는 다음과 같이 기술하고 있다.

　종래의 용법이 가지고 있었던 발화내용 레벨(문사이의 인과관계) 표시라는 문법기능이 발화행위 레벨로 확장되는 과정을 거쳐 담화상의 기능을 획득함에 이르렀다.

즉, 「ダカラ」의 전건과 후건을 인과관계로 연결하는 문법기능이 발화레벨로 확장되어 앞의 발화와 뒤의 발화를 오카모토·다몬(1998), 하스누마(1991), Maynard(1993)가 지적하는 용법으로 연결한다는 담화상의 기능을 획득함에 이르렀다고 생각된다.

이상의 「ダカラ」의 회화장면에서의 담화기능을 참고로 센다이방언의 설명적 장면에서 얻어진 담화자료를 분석한 결과, 「ダカラ」에는 다음과 같은 용법이 인정된다는 것을 알았다.

① 담화의 모두에 사용되어 상대의 정보요구에 대해 상대로부터 발화권을 취득하여 이야기를 시작하기 위해 사용되는 마커(이하, 「발화권취득」)

② 담화의 도중에 사용되어 계속해서 이야기를 진행시키려는 의지를 나타냄으로서 발화권을 유지하여 설명을 누가하기 위해 사용되는 마커(이하, 「발화권유지」)

로서의 기능이 인정되었다. 이 중에서 ②의 「발화권유지」는 전건과 후건의 관계에 의해

ⅰ) 설명계속의 신호

ⅱ) 설명보충의 신호

ⅲ) 인과관계표시의 신호

와 같은 세 가지 용법으로 하위분류할 수 있다. 즉, 화자는 「설명계속의 신호」「설명보충의 신호」「인과관계표시의 신호」의 방법으로 계속해서 이야기를 진행시키려는 의지를 나타냄으로서 발화권을 유지하며 설명을 첨가해 간다.

이상에서 기술한 「ダカラ」의 문법·담화기능을 정리하면 다음의 <그림1>과 같이 된다.

<그림1> 「ダカラ」의 담화기능

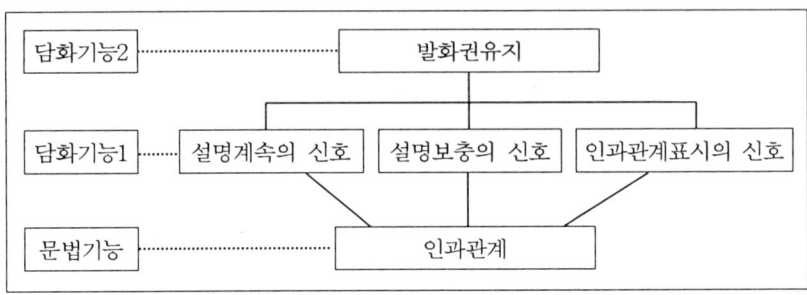

<그림1>에서 나타냈듯이 「ダカラ」의 담화기능1, 2는 인과관계를 나타내는 「ダカラ」의 문법기능이 기초가 되어 태어난 용법이라고 생각된다. 즉, 문법레벨에서의 전건과 후건을 인과관계로 연결하는 「ダカラ」의 문법기능이 담화레벨에서 앞의 발화와 뒤의 발화를 「설명계속의 신호」「설명보충의 신호」「인과관계표시의 신호」와 같은 세 가지 방법으로 연결하는 담화기능1로 확장되었다고 생각된다. 그러나 이 세 가지 용법은 회화 관리의 면에서는 계속해서 이야기를 전개시키려는 화자의 의지를 나타냄으로서 발화권을 유지(담화기능2)하여 설명을 첨가한다는 공통성을 가진다.

이하, 그 구체적 예문을 제시하기로 한다. 여기에서 제시하는 담화자료는 모두 센다이방언의 설명적 장면에서의 담화례를 공통어로 번역한 것이다. 단, 필요에 따라 방언형을 그대로 사용한 경우도 있다.

① 발화권취득

우선 담화의 모두에 사용되어 상대의 정보요구에 대해 상대로부터 발화권을 취득하여 이야기를 시작하기 위한 마커로 사용되는 경우이다.

예) *ダカラ*ね, あの頃はね, 非常に何というんですか。
　　あのう, まあ, 栄養失調になったり。
　　今, そういった,今といえばストレスというかね。
　　　　　　　・　・　・　・

위의 담화자료는 「전쟁 시의 식량난에 대해 이야기해 주세요」라는 필자의 정보요구에 대해 화자가 「*ダカラ*」로 발화권을 받아 설명을 시작하고 있는 용법이다. 이와 같이 「*ダカラ*」는 담화의 모두에 사용되어 상대의 정보요구에 대해 발화권을 취득하는 용법이 인정된다. 즉, 상대의 정보요구에 대해 상대로부터 발화권을 취득함을 「*ダカラ*」를 사용하여 나타냄으로서 지금부터 설명을 시작하겠다는 신호를 상대에게 보내고 있는 것이다. 이 용법에 대해 지적한 연구는 아직 찾아볼 수 없는데, 이것은 이 「발화권취득」 용법이 필자가 다루는 설명적 장면이라는 특수한 장면에서만 나타나는 용법이기 때문일 것이다.

② 발화권유지

다음은 담화의 도중에 사용되어 계속해서 이야기를 진행시키려는 화자의 의지를 나타냄으로서 발화권을 유지하여 설명을 첨가하기 위한 마커로서 사용되는 경우이다. 이 발화권유지의 기능은 앞서 기술한 바와 같이 전건과 후건의 관계에 의해 「설명계속의 신호」 「설명보충의 신호」 「인과관계표시의 신호」의 세 가지 용법으로 하위분류할 수 있다.

우선, 설명을 계속하기 위한 단순한 마커로서 사용되는 경우이다.

예)　　　・・・・
あれがね, 私ね, 前にあのう, ほら, 駐車場あるでしょう(↗)。
そこに車あったのよ。
だから, これ誰の車って。
<u>ダカラ</u>, そこに乗った人がどこどこに, 家のほら, アパートに来たん
だと言ってくれれば, 私, 何も言わなかったのね。
　　　・・・・

　위의 담화자료는 화자의 일(아파트 임대업)에 대한 이야기로「ダカラ」
전후에 인과관계가 인정되지 않는다. 여기에서「ダカラ」는「(私の駐車
場に車があったから)これは誰の車(なのかなと思った)(우리 주차장에
차가 세워져 있었기 때문에 이 차가 누구의 차일까 생각했다)」라는 설
명에「そこに乗った人がうちのアパートに来たのだと言ってくれれば,
私は何も言わなかったのだ(거기에 탄 사람이 우리 아파트에 사는 사람
을 만나러 온 것이라고 말해 주었다면 나는 아무것도 말하지 않았을
것이다)」라는 설명을 계속해 가기 위한 단순한 마커로 사용되고 있다.
　다음은 설명을 보충함으로서 설명을 첨가하는 예이다.

예)　　　・・・・
その1銭2銭の頃, 電車に乗ると5銭なのよ, ね(↗)。
5銭なの。
それが朝, 7時前だと4銭なの。
で, あの広瀬川ね。
あそこでボート漕ぐのは1時間50銭。

> *ダカラ*, ボートはちょっと高かったね, ちょとね, その頃はね。

위의 담화자료는 어렸을 때의 놀이에 대한 이야기로 화자는 「その頃, 広瀬川でボートに乗るのは1時間50銭である(그 당시 히로세가와에서 보트에 타려면 1시간에 50전을 내야 했다)」라고 설명한 후, 「ダカラ」로 「その当時のお金からそれは料金が高い(당시로 말하면 꽤 비싼 요금이었다)」라는 설명을 보충하고 있다. 즉, 여기에서 「ダカラ」는 설명을 보충함으로서 설명을 첨가하는 기능을 하고 있다.

다음은 인과관계로 설명이 첨가되는 용법으로 다음 예문의 「ダカラ」의 전후에는 인과관계가 인정된다.

> 예)
> で, 愛子の方まで行って, (勤労奉仕)やっていた時, 空襲になったの。
> *ダカラ*, 全然そういう空襲とか, なんというの, あのう弾とかそういう悲惨な思いはしてないのね。
> 食うのには困ったけどね。

위의 담화자료는 전쟁에 대한 이야기로 화자는 「ダカラ」로 「愛子の方に行った時に(仙台)空襲になった(아야시에 갔을 때 센다이 공습이 있었다)」「全然そういう空襲とか弾などの悲惨な思いはしていない(전혀 그런 공습이라든가 총알 같은 비참한 경험은 하지 않았다)」라는

두 발화를 인과관계로 연결하여 설명을 첨가하고 있다.

앞서 기술한 바와 같이 이상에서 제시한 세 가지의 용법은 「설명계속의 신호」 「설명보충의 신호」 「인과관계표시의 신호」라는 용법의 차이는 있지만 계속해서 이야기를 진행시키려는 화자의 의지를 나타냄으로서 발화권을 유지하여 설명을 첨가하는 역할을 하고 있다는 점에서는 공통적이라 할 수 있다. 따라서 본 연구에서는 이들을 통합하여 「발화권유지」로 명명하기로 한다.

이와 같이 「ダカラ」에 「발화권취득」 「발화권유지」 기능이 인정되는 것은 「ダカラ」의 주관적 인과관계의 표시라는 문법기능에 기인된다고 생각된다. 즉, 이상에서 제시한 「ダカラ」의 담화기능은 주관적 인과관계에 의해 전건과 후건을 연결하는 「ダカラ」의 문법기능이, 담화에서 전·후건이 발화권에 관련된 문제가 됨으로서 자기가 발화권을 가지고 있다는 것을 상대에게 어필하고, 자신의 주장 등을 강하게 제시하기 위해 사용된다는 담화기능으로 확장된 것이라고 생각된다. 즉, 고니시(2003)가 지적하듯이 「ダカラ」의 문사이의 인과관계표시라는 문법기능이 담화레벨까지 확장되어 본래의 「ダカラ」가 갖는 「『ダカラ』이하의 발언은 이유·근거 있는 정당한 것이다」라는 함의가 「스스로의 발화·행동은 정당한 것이다」라는 함의로 변화하여 그것이 담화레벨에서 이용되고 있다고 생각된다. 이와 같은 「ダカラ」의 용법은 센다이방언의 담화자료에 자주 나타난다.

또한 본 연구에서는 상대의 정보요구에 대해 설명을 행하고 있는 설명적 장면을 다루고 있기는 하지만, 이 설명적 장면은 회화장면의 일부이기 때문에 화자가 혼자서 설명을 행하는 경우라도 발화권을 취득·유지할 필요가 있다고 생각된다. 단, 이것은 상대로부터 억지로 발화권을 취득하거나 유지하거나 하기 위한 것이 아니라 발화권 취득을 상대에게 나타내거나 계속해서 이야기를 진행시키려고 하는 화자의 의지를 나타냄으로서 발화권을 유지함을 상대에게 나타내기 위한 것이다.

이상을 정리하면 센다이방언의 「ダカラ」의 담화기능은 다음과 같다.

A[2) 발화권취득: 담화의 모두에서 상대의 정보요구에 대해 발화권을 받아 설명을 시작하기 위한 마커로서 사용된다.
     발화권유지: 담화의 도중에서 계속해서 이야기를 진행시키려는 화자의 의지를 나타냄으로서 발화권을 유지하여 설명을 첨가하기 위한 마커로 사용된다. 구체적으로는 「설명계속의 신호」「설명보충의 신호」「인과관계표시의 신호」의 방법에 의해 설명이 첨가된다.

4.2.1.2 「ソレデ」의 기능

오카베(1998)는 접속사 「ダカラ」는 주관적 인과관계에 의해 전건과 후건을 연결하는데 반해, 「ソレデ」는 객관적 인과관계에 의해 전건과 후건을 연결시키는 접속사라고 기술하고 있다. 또한, 구마자키(1999)는 「ダカラ」는 「화자의 판단이나 주관만을 나타내는 문에 적합한」데에 반해, 「ソレデ」는 「화자의 주관적 요소를 기본적으로 가지고 있으면서 객관적 요소(청자의 주관이나 주의의 상황 등)가 보다 강하게 나타난 문에 적합하다」고 지적하고 있다.

---

2) 이 기호는 <표1>의 A, B, ■등의 기호에 대응한다(이하 같음).

이와 같은 객관적 인과관계에 의해 전건과 후건을 연결시키는 「ソレ
デ」의 문법기능에 대해 아리가(1993)는 접속사 「ソレデ」는 전건과 후
건을 연결하여 양자의 관계를 나타내는 기능을 가지며 담화 운용상으
로는 인과관계를 나타내는 기능(다음 예문의 「순접·서술형」 「순접·
인정(발견)형」)과 함께 화자가 전건을 전제로 이야기를 전개시켜가는
기능(다음 예문의 「첨가·서술형」, 「전개요구형」, 「전개예고형」)이 인
정된다고 지적하고 있다.

① 순접·서술형 : 화자가 인과관계를 가진 사항을 「순접」의 형태로
  연결하는 용법이다.
  예) [탐정끼리의 회합]
    A : でもその依頼者, どうして政府に頼まないのかしら。
    B : それが厚生省援護局に行って公開捜査を依頼したんだ
        けど, リストにそれらしい人物が上がってないんだ。それ
        で, やむなく民間の捜査機関に頼ってきたというわけ
        だ。
② 순접·인정(발견)형 : 전건과 후건 사이에 인과관계가 인정되기
  는 하지만, 후건의 내용은 화자가 이미 기지의 정보로서 가지고
  있고 문맥이 주어짐에 따라 거기에 인과관계가 인정된다는, 말하
  자면 나중에 이유를 기술하는 용법이다.
  예) [병원에 문병 온 지인에게]
    入院患者 : 今朝, 娘が孫を連れて見舞いにきてくれまし
        て。
    見舞い客 : それで, 元気なお顔していらっしゃるのね。

入院患者 ： いやあ・・・(照れる)。

③ 첨가・기술형 : 전건과 후건 사이에 명확한 인과관계가 없이 화자가 전건을 전제로 하여 이야기를 전개시켜나가는 데에 사용되는 용법이다. 후건은 인과관계가 아니라 정보제공이다.

예) [배우인 숙모와 외출한 이야기를 하는 여동생, 청자는 언니]

妹 ： 見て!これいいでしょう。叔母さんが買ってくれたのよ。それでね, なんとかっていうレストランでね, <中略>いっぱいごちそうしてくれてね, それでね。

④ 전개요구형 : 정보 요구 발화에 선행하여 상대의 발화내용을 요구하는 용법이다. ③과 마찬가지로 이야기를 진행시키는 기능은 있지만, ④는 전건의 발화자가 청자이다.

예) [친구끼리 전화로]

Ａ ： あっ, はるこさん, 実は田中くんが交通事故で・・・。

Ｂ ： えっ, いつなんですか。

Ａ ： 昨日なんです。

Ｂ ： それで, ひどいけがなんですか。

Ａ ： 幸い, たいしたけがではありません。

Ｂ ： ああ, よかった。

⑤ 전개예고형 : 전건과 후건의 관계는 ③, ④와 같지만, 담화운용상의 기능은 다르다.

ⅰ) 화제 전개형 : 새로운 화제를 꺼냄에 따라 그때까지의 화제를 전환한다. 이 용법은「ところで」나「さて」등과 같이 전혀 다른 화제로의 전환이 아니라 그때까지의 이야기와 어느 정도 관계를 가지면서 다소의 방향전환을 꾀하는 효과를 갖는다.

예) [친구끼리의 회화—등산을 하는 여성이 늘었다는 것을 화제로]

　A : 女性解放も進んだもんだね。しかし, そりゃ男にとって
　　　も悪いことじゃないな。

　B : <u>それで</u>ね。ちょっと気がついたんだけどさ, どうもその女
　　　の人っていうのが, みんな結婚前の人ばっかりらしいん
　　　だ。

ii) 전출문맥언급(前出文脈言及) : 중단된 화제를 원래로 돌리는
　　용법이다.

예) [편집자들이 대학교수를 연구실로 방문한다. 이전에 전화로
　　의뢰하고 싶다는 것을 어느 정도 알린 상태다.]

　A : こちら編集を担当しております, 吉岡です。

　B : 編集部の吉岡でございます。(名刺を渡して)よろしくお
　　　願いします。

　C : あ, どうも(座るようにすすめて)どうぞ。

　A : はい。

　C: : <u>それで</u>, 相談とは。

　A : ええ, あのう, 実は, ご相談というより, お願いなのでござ
　　　いますが。

iii) 의뢰형(依頼切り出し型) : 행위요구를 나타내는 문에 선행하
　　여 사용된다.

예) [회사동료끼리]

　A : 来月の18ね。もう絶対出席させていただくわ。

　B : ほんと, ありがとう。<u>それで</u>ね, お願いがあるんだけどな。

　A : なに。

B : 会社の仲間の代表で, スピーチしてほしいの。

A : ええっ, わたしが。

B : そ。

본 연구에서는 대상을 설명적 장면에 한정하고 있지만, 이 설명적 장면은 회화장면의 일부이기 때문에 이와 같은 아리가의 연구, 예를 들면, 「순접・기술형」 「첨가・기술형」의 경우는 설명적 장면에서도 인정된다. 그러나 회화장면에만 나타나는 「순접・인정(발견)형」 「전개요구형」 「전개예고형」은 센다이방언의 설명적 장면에서는 인정되지 않는다.

실제 센다이방언의 설명적 장면에서의 「ソレデ」의 기능을 분석해 보면 다음 예와 같이,

① 담화의 모두에 사용되어 상대의 정보요구에 대해 설명을 개시하는 기능(이하, 「설명개시」)

② 담화의 도중에 사용되어 설명을 첨가하며 이야기를 진행시키는 기능(이하, 「설명누가」)

이 인정된다는 것을 알았다. 그러나 본 연구에서 상대의 정보요구에 대해 설명을 시작하는 「설명개시」 용법은 아리가에서는 지적하고 있지 않다. 이것은 상대의 정보요구에 대해 설명을 시작하는 「설명개시」 용법이 본 연구에서 다루는 설명적 장면이라는 특수한 장면에서만 나타나는 용법이기 때문일 것이다.

이하, 구체적인 예를 「설명개시용법」 「설명누가」 용법의 순으로 제시하여 「ソレデ」의 용법을 고찰한다.

① 설명개시

우선 상대의 정보요구에 대해 설명을 개시하는 마커로서 사용되는 경우이다.

예) デ, みんななかなか行かないんだよね(↗)。

あの, 行くというのは, そんなこと言うと悪いんだけど。

夏休みに入って, 何月から何月何日から何日まで10日間で, 今だったらやっぱり10万円とられるんだよな, 10万円。

    ・　・　・　・

위의 담화자료는 어렸을 때의 놀이에 관한 이야기로 화자는 「海水浴にはよく行きましたか(수영하러는 자주 가셨어요?)」라는 상대의 정보요구에 대해 「デ(=ソレデ)」를 사용함으로서 설명을 개시하고 있다. 즉, 「ソレデ」는 설명적 장면에서 담화의 모두에 사용되어 상대의 정보요구에 대해 설명을 개시하는 역할을 하고 있다.

② 설명누가

다음으로 담화의 도중에 사용되어 설명을 첨가하며 이야기를 진행시키는 용법에 대해 고찰한다. 이 용법에는 전후에 인과관계가 인정되는 용법과 전후에 인과관계 없이 화자가 전건을 전제로 이야기를 진행하여 설명을 첨가하는 용법이 있다. 이 용법은 아리가가 지적하는 「순접·기술형」(전자), 「첨가·기술형」(후자) 기능에 해당된다고 생각된다. 즉 센다이방언화자는 설명적 장면에서 아리가가 지적하는 「순접·기술형」「첨가・기술형」의 방법으로 설명을 첨가하고 있는 것이다.

우선, 전후에 인과관계가 인정되는 용법이다.

예)　　　・・・・
その頃水着なんというの, ないからただパンツね.
パンツはいて小学校の1年2年の頃かね.
そうして浮き袋というの.
なんか持っている人, あんまりいとこの人で持っていなかったね.
<u>ソレデ</u>, 洗濯板, こう家庭でさ.
たらいって分かる?
こんなのね.
そこに水入れる, 洗濯物入れて擦るやつ.
洗濯板って分からない?
こうちょっと斜めにこうやって.
洗濯板を持ってて, 河に持ってて, こうやって泳いだ.
浮かぶから.
だから, ほら, 例えばこう…

위의 담화자료는 어렸을 때의 놀이에 관한 이야기로 화자는 「その頃いとこの中で浮き袋を持っている人があんまりいなかった(그 당시 사촌 중에서 튜브를 가지고 있는 사람은 별로 없었다)」「家庭で使う洗濯板を(その代わりに使った)(가정에서 사용하는 빨래판을 그 대신에 사용했다)」라는 두 사항을 인과관계로 연결하여 설명을 첨가하고 있다. 이것은 아리가가 지적하는 ①순접・기술형, 즉, 화자가 인과관계를 가진 사항을 순접의 형태로 연결하는 용법에 해당된다.

　다음은 전건과 후건사이에 인과관계 없이 화자가 전건을 전제로 이
야기를 진행시켜 설명을 첨가하는 용법의 예이다.

예)　うちの娘が藤崎に行っていたのよ。
　　　<u>デ</u>, 藤崎当たりはね, もう水道出なくなったのよ。
　　　だから, 何日くらい休んだい? デパートね。
　　　一週間くらい休んだね(ノ) うん。
　　　　　　　・　・　・　・

　위의 담화자료는 지진이 일어났을 때의 이야기로 화자는 「うちの娘
が藤崎に行っていたのだ(우리 딸이 후지사키 백화점에 가 있었다)」라
는 설명에, 「デ(=ソレデ)」를 사용하여 「藤崎当たりはもう水道出なく
なった(후지사키 백화점 주위는 이미 물이 나오지 않았다)」라는 설명
을 첨가하고 있다. 즉, 「うちの娘が藤崎に行っていたのだ」라는 전건을
전제로 「藤崎当たりはもう水道出なくなった」라는 이야기를 진행시킴
으로서 설명을 첨가하는 용법이다. 여기에서 전건과 후건사이에 인과
관계는 인정되지 않는다. 이것은 아리가가 지적하는 ③첨가・기술형,
즉, 전건과 후건사이에 명확한 인과관계 없이 화자가 전건을 전제로
이야기를 진행시켜 가는 용법에 해당된다.
　또한, 「ダカラ」의 경우는 담화의 선두에 사용되어 상대의 정보요구
에 대해 발화권을 취득하는 「발화권취득」 기능, 혹은 담화의 도중에
사용되어 계속해서 이야기를 진행시켜가려는 화자의 의지를 나타냄으
로서 발화권을 유지하여 이야기를 진행시키는 「발화권유지」 기능이 인
정되지만, 「ソレデ」는 그러한 기능은 인정되지 않는다. 이것은 객관적

인과관계에 의해 전건과 후건을 연결하는 문법기능(오카베1998, 구마자키1999)이 담화에서 누구나가 그렇게 생각하는 이야기를 전개함으로서 설명을 첨가하기 위해 사용되기 때문이다. 즉, 「ソレデ」는 객관적 인과관계의 표현으로 주관성은 그다지 강하지 않으므로 담화레벨에서 「발화권취득」「발화권유지」와 같은 주관성을 띠는 일 없이 단순히 이야기를 진행시키는 기능만 하고 있기 때문이다.

　이 형식 이외에도 설명을 누가하는 형식으로 「ソースルト」「ソシテ」「ソシタラ」「ソレカラ」등이 있다. 이들 형식은 담화의 선두에 사용되는 일 없이 주로 담화 도중에 사용되어 전건・후건 사이에 인과관계가 인정되는 일 없이 단순히 설명을 첨가하여 이야기를 진행시키는 역할을 하고 있다. 다음은 그 구체적인 예이다.

예)　だから, 私ね, 韓国の, ほらね, お友達とね, 話す時, やっぱり日本。
　　私と同じくらいの人, やっぱり日本語喋れるでしょう(↗), ね(↗)。
　　ソースルトね, 分からなくなって漢字で書くと通じるのよ, うん, 通じる, うん, うん。

　위의 담화자료는 한국 친구에 대한 이야기로 화자는 「ソースルト」를 사용하여 「私と同年代の韓国人は日本語が喋れる(から) 韓国の友達と話す時は日本語で話す(나와 동년배인 사람은 일본어를 할 수 있으므로 한국 친구와 이야기할 때는 일본어로 말한다)」라는 설명에 「分からなくなった時は漢字で書くと通じる(이야기가 통하지 않을 때는 한

자를 사용하면 통한다)」라는 설명을 첨가하고 있다.

예) 船, あの大好き。
　あのね, あのね, それ(ヨーロッパ)に行った時はね, 行く時も, 行
　く時, そう, 大きい船で。
　<u>ソシテ</u>, 行って, 行く時, 波が, ほら, 荒くなかったから穏かだった
　から, もう甲板に行ったりなんだりしてね, 楽しんでいたの。
　帰り日本がね, 台風だったの。
　<u>ソシテ</u>, 船に乗ったけど, 私達, ほら, あの一般の方の乗れば, 船
　底だから, 大して揺れないの, ね(↗)。
　　　　・ ・ ・ ・

위의 담화자료는 여행에 대한 이야기로 화자는 「ソシテ」(전자)를 사용함으로서 「(ヨーロッパ)に行った時, 大きい船で行った(유럽에 갈 때 큰 배로 갔다)」라는 설명에 「行く時, 波が荒くなった(갈 때 파도가 거칠어졌다)」라는 설명을 첨가하고 있다. 또한, 「ソシテ」(후자)를 사용함으로서 「帰り日本が台風だった(돌아올 때 일본이 태풍이었다)」라는 설명에 「船に乗ったけど, 私達は船底だったから大して揺れなかった(배를 탔지만 우리들은 배 밑에 있었기 때문에 크게 흔들리지 않았다)」라는 설명을 첨가하고 있다.

예) あの, あのね, 私ね, 子供がね, 20年前じゃないんじゃない, もっと
前よね (↗)。
子供が, だって, こうやって, 3つか4つだった, 22・3年だから, 3歳
でしょう(↗), ね(↗)。
こうやって肩で, こうやって両手でこうやってこう背中におんぶ
して, あそこの家にいたのね, あの, そこ。
<u>ソーシタラ</u>ね, きじがね, 分かる? きじって鳥ね。
げえげえって鳴いたのね。
<u>ソシタラ</u>, そちらの奥さんがね, なんかね, 今日の朝から, 今日の
朝から鳴いているのと, こういうのね。
　　　　・・・・

위의 담화자료는 지진에 대한 이야기로 화자는「ソ(ー)シタラ」(2회)
를 사용함으로서「子供を肩で負んぶして, 家にいたのだ(아이를 업고 집
에 있었다)」라는 설명에「きじがげえげえ鳴いたのだ(꿩이 울었다)」「そ
ちらの奥さんが今日の朝から(きじが)鳴いていると言った(옆집 부인이
오늘 아침부터 꿩이 울고 있다고 말했다)」라는 설명을 첨가하고 있다.

예) (私は)飛行機乗れない。
<u>ソレカラ</u>, 今ちょっと忙しくてね, あの, 行けないんですよ。
行ったことないんですよ。
ま, 強いて昔, 昔, 昔, 昔といってもあの, 娘時代に行ったとこで
よかったな思うのは, あのう信州とかね。
　　　　・・・・

위의 담화자료는 여행에 대한 이야기로 화자는 「ソレカラ」를 사용함으로서 「私は飛行機に乗れない(나는 비행기를 탈 수 없다)」라는 설명에 「今, 忙しくて行けないのだ(지금은 바빠서 갈 수 없다)」라는 설명을 첨가하고 있다.

이와 같이 「ソースルト」「ソレデ」「ソシタラ」「ソレカラ」와 같은 형식은 주로 담화 도중에 사용되어 전건·후건 사이에 인간관계가 인정되는 일 없이 단순히 설명을 첨가함으로서 이야기를 진행시키는 마커로 사용되고 있다.

이상을 정리하면 「ソレデ」「ソースルト」「ソシテ」「ソシタラ」「ソレカラ」 등의 담화기능은 다음과 같다.

A' 설명개시 : 담화의 모두에 사용되어 설명을 개시하기 위한 마커로 사용된다.(「ソレデ」만)

설명누가 : 담화의 도중에 사용되어 설명을 첨가함으로서 이야기를 진행시키기 위한 마커로 사용된다.(「ソレデ」「ソースルト」「ソシテ」「ソシタラ」「ソレカラ」)

이 용법에는 인과관계 하에서 설명을 첨가하는 용법(「ソレデ」만)과 인과관계 없이 화자가 전건을 전제로 이야기를 진행시켜감으로서 설명을 첨가하는 용법(「ソレデ」「ソースルト」「ソシテ」「ソーシタラ」「ソレカラ」)이 있다.

4.2.1.3 「ヤハリ」의 기능

「ヤハリ」가 담화 속에서 어떻게 기능하고 있는지에 대해 다룬 연구에는 가와구치(1993), 모리모토(1994), 니시하라(1988)가 있다.

가와구치(1993)는 담화에서의 「ヤハリ」의 기능에 대해 「『ヤハリ』는 발화 이전에 존재하는 상황을 전제로서 상대에게 시사하고 그 전제에 근거한 자기의 진술의 정당성·타당성·필연성을 함의하고 있다」라고 지적하고 있다. 가와구치는 그 전제에는 ①세상 일반의 상식·사회통념, ②객관적 상황, ③화자의 주관(본 연구에서는 이를 「정보」로 부르기로 한다)이 있다고 지적하고 있다. 즉, 「ヤハリ」를 사용하는 화자는 위의 ①②③을 전제로 하고 있다는 것을 상대에게 제시하여 그에 근거한 자신의 이야기의 정당성·타당성·필연성을 주장하고 있는 것이다. 이에 대해 모리모토(1994)는 「『ヤハリ』를 사용하는 화자는 공유의 지식(가와구치가 말하는 ①세상 일반의 상식·사회통념, ②객관적 상황, ③화자의 주관, 본 연구의 「정보」)을 전제로 하고는 있지만, 그것은 화자가 그렇게 생각하고 있을 따름이라고 지적하고 청자가 실제로 그 전제를 받아들이지 않으면 「ヤハリ」를 사용한 문은 청자에게 강요하는 인상을 준다고 기술하고 있다.

또한, 니시하라(1988)는 「커뮤니케이션 활동에서 발화는 항상 구분되어 있는데 그것이 전달수단으로서 성립되기 위해서는 그 이전에 막대한 배경 지식을 화자와 청자가 공유하고 있지 않으면 안된다」라고 지적하고 있다. 니시하라는 이러한 발화성립 이전의 필요조건을 전제라고 부르고, 「ヤハリ」는 발화이전의 지식(본 연구의 「정보」)공유라는 어용론적 전제기능을 가진다고 설명하고 있다.

이상의 선행연구에서 지적하고 있듯이 「ヤハリ」에는 발화가 성립하기 이전의 정보공유 전제기능이 있다. 즉, 화자는 「ヤハリ」를 사용함으로서 정보의 공유를 전제로 하고 있다는 것을 상대에게 나타냄으로서 이야기를 진행시키고 있는 것이다. 예를 들면 다음 예문에서 화자 A는 「北海道は日本ではいちばん北の方なので寒い(홋카이도는 일본에서 가장 북쪽이기 때문에 춥다)」라는 정보의 공유를 전제로 이야기를 진행시키고 있고, 「ヤハリ」를 사용함으로서 그것을 상대 B에게 제시하고 있다.

예) (北海道に旅行に行ったA, Bが空港から外に出て)

　　A : ヤッパリ, 寒いですね。
　　B : 北海道ですからね。

　　　　　　　　　　　　　　　　　　*예문은 필자에 의한 것

이와 같이 「ヤハリ」는 정보의 공유를 전제로 하고 있다는 것을 상대에게 나타냄으로서 이야기를 진행시키기 위한 마커로 사용된다.

이상과 같은 선행연구를 참고로 센다이방언 「ヤハリ」의 설명적 장면에서의 기능에 대해 검토한 결과, 센다이방언의 설명적 장면에서도 「ヤハリ」는 다음 예와 같이 정보의 공유를 전제로 하고 있다는 것을 상대에게 나타내며 이야기를 진행시키기 위한 마커로서 사용되고 있다는 것을 알았다.

예) 私は慣れているからそう思わないけど。

　　ヤッパリね, あのう, ほら, あっちの人は東京だの向こうから来る
　　とね。

　　うんと, なんというの。

　　「寒いねえ」っていう人もいるんだよね(↗)。

　　　　　　　・　・　・　・

　위의 담화자료는 센다이의 날씨에 대한 이야기로 화자는 「ヤッパリ」
를 사용함으로서 「東京など, 仙台より暖かい地方から来ると寒いとい
う人もいる(도쿄 등 센다이보다 따뜻한 지방에서 온 사람은 센다이가
춥다고 말하는 사람도 있다)」라는 정보의 공유를 전제로 하고 있다는
것을 상대에게 나타내며 이야기를 진행시키고 있다. 이것은 화자가
「ホラ」로 그 공유정보를 환기, 「ヨネ(↗)」로 정보공유를 확인하면서
이야기를 진행시키고 있는 것으로부터도 알 수 있다. 즉, 화자는 정보
의 공유를 전제로 하고 있다는 것을 상대에게 나타내고 그 정보공유를
환기, 확인하면서 이야기를 전개시키고 있는 것이다(정보공유환기형식
인 「ホラ」와 정보공유확인형식인 「ヨネ(↗)」에 대해서는 4.2.1.4절,
4.2.1.5절에서 다루기로 한다). 이와 같은 패턴은 센다이방언의 설명적
장면에 자주 사용된다.

　이상을 정리하면 「ヤハリ」의 담화기능은 다음과 같다.

　B 정보공유표시 : 화자가 정보의 공유를 전제로 하고 있다는 것을
　　　　　　　　　 상대에게 나타내며 이야기를 진행시키기 위한
　　　　　　　　　 마커로 사용된다.

4.2.1.4 「ホラ」의 기능

「ホラ」는 예를 들면 「ほら, 見て!」와 같이 일반 국어사전에서는 「사람에게 주의를 촉구하는 말」(『学研 国語大辞典』), 「무언가를 제시하여 상대의 주의를 촉구할 때 나오는 말」(『日本国語大辞典』), 「급히 주의를 촉구할 때 하는 말」(『広辞苑』)과 같이 해석하고 있다. 그러나 실제 담화 속에서 사용되는 「ホラ」는 상기와 같이 단순히 상대에게 주의를 환기한다는 해석만으로는 설명할 수 없는 용법이 존재한다. 이렇게 「ホラ」가 실제 담화 속에서 어떻게 기능하는지에 대해 다룬 연구에 오시마(2001)가 있다. 오시마(2001)는 회화에서 사용되는 「ホラ」에는 다음과 같은 세 가지 용법이 인정된다고 지적하고 있다.

① 화자가 청자와 이전부터 공유하고 있었던 지식을 발화의 장에서 관찰 가능한 무언가로 향하게 한다.
　예) 息子 : パパ明日だよね, 遊園地, <u>ほら</u>(リュックサックを見せる)。

　　　父 : お, もう用意したのか。
② 화자가 청자와 이전부터 공유하고 있었던 지식에 직접 호소한다.
　예) L : 鍵は誰がもっているのかな, 会長とX先生?

　　　M : 会長とX先生なんじゃないかな。

　　　L : 2つしかないのね。

　　　M : 2つ, だけどこの間は, <u>ほら</u>, 会長の鍵をY先生か何かに。

　　　L : ああ, そうそうそう, それで, X先生しか持ってなかった

のに，X先生が来なかった。

③ 지식, 정보, 기분을 공유하고 있거나, 또 공유 가능한 것처럼 표현
한다.

예) L : なかなかこの時間は集まりにくいのよね，2時半って。

M : 結構, <u>ほら</u>, 早くご飯食べなきゃいけないでしょう。

L : そう, そう, そう, そうなの。

오시마(2001)는 종래 단순히 주의를 환기하는 표현이라고 정의되어 있었던「ホラ」에 이전부터 공유한 지식의 공유를 환기하는 용법(상기의 ①②용법), 이전부터 공유하고 있지 않은 지식, 정보, 기분(본 연구에서는 이 세 가지를「정보」로 부르기로 한다)이 공유 가능한 것처럼 표현하기 위한 용법(상기 ③의 용법)이 인정된다고 지적하고 있다. 이와 같은 용법은 회화장면에서 인정되는 용법이지만, 다음 예와 같이 센다이방언의 설명적 장면에서도 자주 사용된다.

다음의 담화자료는 아오모리방언에 대한 이야기이다. 화자와 상대는 어제의 뉴스를 보고 있고, 축구 감독인 돌시에씨의 말투에 대해 이미 화제로 하고 있으므로 그 정보를 공유하고 있다. 따라서 화자는 발화현장에서「ホラ」를 사용함으로서「昨日のニュースに出たトルシエさんが『ハハ』と言う(어제 뉴스에 나온 돌시에씨의 말투가 독특하다)」라는 정보의 공유를 상대에게 환기하면서 이야기를 진행시키고 있는 것이다. 이와 같이 센다이방언의 설명적 장면에서 사용되는「ホラ」는 이전 공유하고 있었던 정보를 상대에게 환기하여 공유를 요구하면서 이야기를 진행시키기 위한 마커로서 사용된다.

> 예) 青森はね, もう日本でもね, あのう九州の言葉と青森弁は特に分か
> らないと言われるくらい, こう普通の土地と違うんですよ。
> ちょっとフランス語みたいなの。(笑)
> あの, ホラ, 昨日サッカーでトルシエさんというの。
> あの人, 「ハハ」って言うでしょう(↗)。
> あれと同じなの, 津軽弁は。
> ・・・・

　　또한 센다이방언의 설명적 장면에서 사용되는 「ホラ」는 다음 예와
같이 어떠한 정보에 대해 이전부터 상대와 공유하고 있지는 않지만,
그 공유가 가능하다고 판단되는 경우, 그 정보를 상대에게 환기하여
공유를 요구하면서 이야기를 진행시키기 위한 마커로서도 사용된다.
이것은 오시마가 지적하는 ③의 「지식, 정보, 기분을 공유하고 있거나
공유 가능한 것처럼 표현하기 위한」 용법에 해당된다.

> 예) ああ, でも, もう普通の漬けるのはやっぱり塩分をうんと強くしな
> いと, 春先まで置かれないからね, え。
> 長く持たないからね。
> だから, ま, 何のことない。
> 塩を食べているのと同じさ, え。
> 鮭だって, やあ, この辺に売りに来るのなんか, 皆, もう冷凍技術
> だの, もうその頃発達してない, 我々子供の頃。
> だから, 塩だけで皆保存するんだよね(↗)。
> だから, あ, こう, 焼いたりすると, もう塩みなぎゃあと出てきて
> ね。

今はもう釣りとったの, すぐもう持ってきて家庭にくれば, 冷蔵庫もある, 何もあるでね, 保存もきくしね, ある程度は。
こんなのなかったから, <u>ホラ</u>, この子供の頃, ええ。
だから, 塩漬けか乾燥ものさ, <u>ホラ</u>, 冬分のはね。

위의 담화자료는 음식물의 보존방법에 대한 이야기로 화자는 여기에서 상대와 「冷蔵庫のようなものは私が子供の頃はなかった(냉장고와 같은 것은 내가 어렸을 땐 없었다)」「冬は塩漬けか乾燥ものだ(겨울 음식은 소금을 사용하여 절이거나 건조시킨 것이 많다)」라는 정보에 대해 이전부터 공유하고 있지는 않지만, 상대와 그 정보의 공유가 가능하다고 판단했으므로 「ホラ」를 사용함으로서 상대에게 그 정보를 환기하여 공유를 요구하면서 이야기를 진행시키고 있다. 이러한 용법은 본래 화자가 청자와 이전부터 공유하고 있었던 정보를 환기하기 위해 사용하던 「ホラ」를 청자와 공유가능하다고 판단되는 경우에도 사용하게 된 것이라고 생각된다(오시마2001).

이상으로부터 센다이방언의 설명적 장면에서 사용되는 「ホラ」의 담화기능을 정리하면 다음과 같다.

C 정보공유환기 : 화자와 청자가 이전 공유하고 있었던 정보, 혹은 앞으로 공유가능하다고 판단되는 정보를 상대에게 환기하여 공유를 요구하면서 이야기를 진행시키기 위한 마커로 사용된다.

4.2.1.5 「ネ」「サ」「ヨネ(↗)」의 기능

이즈와라(1994)는 담화진행에서 쓰이는 「ね・ねえ」의 기능을 다음과 같이 세 가지로 나누어 고찰하고 있다.

① 끌어들임 : 화자가 가지는 판단이나 정보를 청자에게 제시하여
　　　　　　청자를 이야기 속으로 끌어들이려고 하는 것

　예) [어린이 상담 전화] ( )안은 어린이

　　回答者 : あれは<u>ね</u>, 親のまま冬を越すからもうそろそろ出て
　　　　　　くると思いますよ。(はい)ええ, だから水面を少し
　　　　　　<u>ね</u>, 気をつけてください。

② 동의 요구 : 화자가 갖는 정보나 화자의 판단이 청자와 일치한다
　　　　　　고 생각하여 그에 대해 동의를 요구하는 것

　예) [어린이 상담 전화] ( )안은 어린이

　　回答者 : 朝顔とかあるいはひまわりの花,　知ってますか。
　　　　　　(知ってます)あれは種がなりますねえ。(うん)<u>ね</u>
　　　　　　<u>え(↗↘)</u>。

③ 확인요구 : 정보는 청자에게 있으므로 화자가 청자에게 자신의
　　　　　　인식이나 판단을 확인하는 것

　예) [어린이 상담 전화] ( )안은 어린이

　　回答者 : ああそうすると中学校卒業後すぐに(はい)働きに
　　　　　　出たわけです<u>ね</u>(↗)。(はい, そうです)で, 働きに
　　　　　　出たのは会社とか・・・。

센다이방언의 설명적 장면에서도 「ネ」는 그때까지의 이야기를 상대

가 이해하고 있는지를 확인하여 상대를 이야기 속으로 끌어들여가면서 이야기를 진행시키기 위한 마커로 사용된다. 또한 동의요구, 확인요구와 같은 용법도 존재한다. 그러나 실제 센다이방언의 설명적 장면에서는 필자가 화자에게 정보제공을 요구하고 있으므로 화자에게만 정보가 있는 경우가 많다. 그러나 이즈와라(1994)에서는 그와 같은 「ネ」에 대해서는 지적하고 있지 않다. 따라서 본 연구에서는 이즈와라(1994)가 지적하는 정보가 화자·청자 쌍방에 있는 경우 및 정보가 상대에게만 있는 경우, 정보가 화자에게만 있는 경우 이 세 가지를 통합하여 「정보공유확인」의 「ネ」로 인정하기로 한다. 또한 센다이방언의 설명적 장면에서 사용되는 「ネ」는 정보의 공유를 재확인하는 용법도 인정되는데 본 연구에서는 그것을 「정보공유재확인」으로 부르기로 한다.

즉, 센다이방언의 설명적 장면에서 「ネ」는

① 그때까지의 이야기를 상대가 이해하고 있는지를 확인하여, 상대를 이야기 속으로 끌어들이면서 이야기를 진행시켜가기 위한 마커(이하, 「끌어들임」)

② 정보의 공유를 상대에게 적극적으로 요구하여 그것에 대해 확인함으로서 상대와 정보공유 하에서 이야기를 진행시켜가기 위한 마커(이하, 「정보공유확인」)

③ 정보의 공유를 재확인하면서 이야기를 진행시켜가기 위한 마커(이하, 「정보 공유재확인」)

로 사용되고 있다는 것이 밝혀졌다. 이하는 그 구체적 예이다.

① 끌어들임

우선 그때까지의 이야기를 상대가 이해하고 있는지를 확인하여 상대를 이야기 속에 끌어들이면서 이야기를 진행시켜가기 위한 마커로서 사용되는 경우이다.

예) 旧制中学って, 昔<u>ネ</u>, 小学校と, あと小学校から旧制中学という のあったわけ。

それ, 今のあれ学力でいうと<u>ネ</u>, 大学と同じぐらいな<u>ネ</u>, うん。

で, それに入った時<u>ネ</u>, ちょうど2年生の時, 終戦になったんだ だって, 食うものないでしょう(↗)。

だから, やる, 学徒動員といって, 生徒が全部<u>ネ</u>, 労力で借り出さ れるわけ。

田圃の草とったりとか, そういうの<u>ネ</u>。

で, 愛子の方まで行って, やっていた時, 空襲になったの。

だから, 全然そういう空襲とか何というの, あのう弾とかそういう 悲惨な思いはしてないの<u>ネ</u>。

食うのには困ったけど<u>ネ</u>。

　　위의 담화자료는 전쟁에 관한 이야기로 화자는 여기에서 화자는 「ネ」를 사용함으로서 「昔, 旧制中学というのがあったが, それは今の学力でいうと大学と同じぐらいなのだ(옛날에 구제중학교라는 것이 있었는데 그것은 지금의 학력으로 말하면 대학과 같은 것이다)」「旧制中学に入った時, ちょうど2年生の時, 終戦になったのだ(구제중학교 2학년일 때 전쟁이 끝났다)」「学徒動員といって生徒が労力で借り出された(학도동원이라고 해서 학생의 노동력이 동원되었다)」「たんぼの草をとるなどのことをやったのだ(논의 풀을 베는 일 등을 했다)」「そういう空襲とか弾とかそういう悲惨な思いは全然してないのだ(그런 공습이라

든가 총알 같은 비참한 경험은 전혀 하지 않았다)」「食べ物には困った
(먹는 것은 궁핍했다)」라는 그때까지의 이야기를 상대가 이해하고 있
는지를 확인하여 상대를 이야기 속에 끌어들이면서 이야기를 진행하고
있다는 것을 알 수 있다.

이와 같이 「ネ」는 그때까지의 이야기를 상대가 이해하고 있는지를
확인하여 상대를 이야기 속으로 끌어들이면서 이야기를 진행시키기 위
한 마커로 사용된다.

② 정보공유확인

다음은 정보의 공유를 상대에게 적극적으로 요구하여 그에 대해 확
인함으로서 상대와 정보공유 하에서 이야기를 진행시키기 위한 마커로
사용되는 경우이다.

예)　　　・ ・ ・ ・
　　私ら小学校の時はあの1銭2銭ってお金だったの。
　　今, 1円ってことさ。
　　その1銭2銭の頃, 電車に乗ると5銭なのよ, ネ(↗)。
　　5銭なの。
　　それが朝, 7時前だと4銭なの。
　　　　　　　・ ・ ・ ・

위의 담화자료는 어렸을 때의 놀이에 관한 이야기로 화자는 「私ら小
学校の時は1銭2銭というお金だったけど, その1銭2銭の頃, 電車に乗
ると5銭なのだ(우리들이 초등학교 다닐 때는 돈이 1전, 2전과 같은 단

위였는데, 그 1전, 2전일 때 전철을 타면 5전을 냈다)」라는 정보의 공유를 「ネ(↗)」로 상대에게 적극적으로 요구하여 그것에 대해 확인함으로서 상대와 정보공유 하에서 이야기를 진행시키고 있다.

③ 정보공유재확인
마지막으로 정보의 공유를 재확인하면서 이야기를 진행시켜가기 위한 마커로 사용되는 경우이다.

예) 私は慣れているからそう思わないけど。
やっぱりね, あのう, ほら, あっちの人は東京だの向こうからくるとね。
うんと, なんというの。
「寒いねえ」っていう人もいるんだよね(↗)。
雪は降んないからいいんだよ。
雪ないし。
韓国は雪降るッチャネ(↗), ネ(↗)。
・ ・ ・ ・

위의 담화자료는 센다이의 날씨에 관한 이야기로 화자는 「ッチャネ(↗)」로 「韓国は雪が降る(한국은 눈이 내린다)」라는 정보의 공유를 확인해 가면서 이야기를 진행시키고 있다(「ッチャネ(↗)」에 대해서는 다음 절에서 다루기로 한다). 또한, 화자는 「ネ(↗)」를 사용함으로서 그 정보의 공유를 재확인해 가면서 이야기를 진행시키고 있다는 것을 알 수 있다.

이상에서 기술한 「ネ」에는 크게 상대의 반응을 필요로 하는 용법과 필요로 하지 않은 용법이 있다. 이것은 대체로 인토네이션으로 판별할 수 있는데, 상대의 반응을 필요로 하는 경우는 반드시 상승 인토네이션으로 발화된다. 그것은 「정보공유확인」, 「정보공유재확인」의 기능을 가지고 있는 경우이다. 또한 정보공유확인의 경우에는 다음 예와 같이 감동사가 사용되는 경우와 종조사가 사용되는 경우가 있다.

예) その1銭2銭の頃, 電車に乗ると5銭なのよ, <u>ネ</u>(↗)。

예) 一番きれいなのはね。

日本で北海道なんだってよ, 言葉は。

だからね, 北海道に先外人の人いらっしゃるでしょう(↗)。

そして, 東京に来たら, また苦労するんだって<u>ネ</u>(↗)。

또한, 정보공유재확인의 「ネ(↗)」는 다음 예와 같이 「ッチャネ(↗)」 등으로 정보의 공유를 확인한 후, 정보의 공유를 재확인하는 형식이므로 항상 감동사가 사용된다.

예) 韓国は雪降るッチャネ(↗), <u>ネ</u>(↗)。

한편 상대의 반응을 필요로 하지 않는 경우 「ネ」는 거의 인토네이션이 상승하지 않는다. 그것은 「끌어들임」의 기능을 하고 있는 경우이다. 이 끌어들임의 경우, 다음 예와 같이 간투조사가 사용되는 경우와 종조사가 사용되는 경우가 있다.

예) 旧制中学って, 昔<u>ネ</u>, 小学校と, あと小学校から旧制中学とい
うのあったわけ。

예) だから, 全然そういう空襲とか何というの, あのう, 弾とかそう
いう悲惨な思いはしてないの<u>ネ</u>。

이상을 정리하면「ネ」의 담화기능은 다음과 같다.

■ **끌어들임**(간투조사, 종조사) : 그때가지의 이야기를 상대가 이해
하고 있는지를 확인하여 상대를 이야기 속으로 끌
어들이면서 이야기를 진행시켜가기 위한 마커로
사용된다(거의 인토네이션이 상승하지 않는다).

D **정보공유확인**(종조사, 감동사) : 정보의 공유를 상대에게 적극적으
로 요구하여 그에 대해 확인함으로서 상대와 정보
공유 하에서 이야기를 진행시켜 가기 위한 마커로
사용된다(반드시 상승 인토네이션으로 발화된다).

E **정보공유재확인**(감동사) : 정보의 공유를 재확인하면서 이야기를
진행시켜가기 위한 마커로 사용된다(반드시 상승
인토네이션으로 발화된다).

또한, 다음 예와 같이「サ」는「ネ」와 같이 상대를 이야기 속으로 끌
어들이기 위한 마커로 사용된다. 이「サ」는「ネ」보다 비공식적이고 사
적인 장면에서 사용된다.

예) だから, あの, まあ, 何というかね, 私, 私なんか, あの, 分からない
んだけど, よく, ほら, 夜の, 朝の1時とかね, 2時で道路歩いたらね,
車に車に引かれたとかね, うん。
だから, 前はね, 昔はね, そんなね, 大体もう10時以降とはね, あん
まりね, 歩く人, 少なかったんですよ, ね(↗)。
で, やっぱり, それだけね, 色々用事多くなったといえば多くなっ
たかも知れないけどね, あんまりも, その余計な, まあ, 無駄という
かね, うん, 何もそんな夜遅くまで<u>サ</u>, 歩いてね。
だったらね, あの家でずっとじっといるとか<u>サ</u>, ね(↗), うん。

위의 담화자료는 범죄가 많아진 일에 대한 이야기로 화자는 「サ」(2
회)를 사용함으로서 상대를 「何もそんな夜遅くまで歩いているのであ
れば, 家でずっとじっといる(のがましだ)(그렇게 밤늦게까지 돌아다닐
거라면 줄곧 집에 있는 것이 낫다)」라는 이야기 속으로 끌어들이면서
이야기를 진행시키고 있다. 이 경우 「サ」는 「ネ」와 마찬가지로 간투조
사(전자), 종조사(후자)가 사용된다.

또한, 센다이방언의 설명적 장면에서는 다음 예와 같이 「ッシャ」도
사용되는데, 이 표현은 「サ」보다 정중한 표현이다(아사노1985).

예) なんだよ, あの 「お前な」っていうのはもう怒りの言葉だよね(↗)
あの東京あたりではね。
「お前」って言われるのは, ほら, 上司の人に<u>ッシャ</u>, え。
なんで, これはこのむすめ, 20代でねえ, 言うもんだなあと思って。

> いま, ほら, 山形弁でもないけどもね, 普通の言葉なんですよ。
> お前というのはね。
>   ・ ・ ・ ・

위의 담화자료는 방언에 대한 이야기로 화자는 「ッシャ」를 사용함으로서 상대를 「お前と言われるのは上司の人にだ(너라고 말하는 것은 상사 정도다)」라는 이야기 속으로 끌어들이면서 이야기를 진행시키고 있다.

> 예) でもね, 友達とかやっぱり, あのう呼ぶ時ね, やっぱり七夕とか
>   ね。
>   あれが, だからね, 仙台で一番賑やかな祭りだわね, ええ。
>   あれは確かにね, 他から来た人は「すごいなあ」と思うわけ*ッシャ*。
>   でも, 1回見ればあれはたくさんだね, ええ。(笑)

위의 담화자료는 센다이를 대표하는 것에 대한 이야기로 화자는 「ッシャ」를 사용함으로서 상대를 「あれ(七夕)は確かに他の地域から来た人はすごいと思う(다나바타마츠리는 확실히 다른 지역에서 오는 사람은 굉장하다고 생각한다)」라는 이야기 속으로 끌어들이면서 이야기를 진행시키고 있다. 이 경우 「ッシャ」는 「サ」와 마찬가지로 간투조사, 종조사가 사용된다.

이상으로부터 「サ」(ッシャ)의 담화기능을 정리하면 다음과 같이 된다.

■ **끌어들임**(간투조사, 종조사) : 그때까지의 이야기를 상대가 이해
　　　　　　　하고 있는지를 확인하여 상대를 이야기 속으로 끌
　　　　　　　어들이면서 이야기를 진행시키기 위한 마커로 사
　　　　　　　용된다. 「サ」는 「ネ」보다 비공식적이고 친한 상대
　　　　　　　에게 사용되고, 「ッシャ」는 「サ」보다 정중한 표현
　　　　　　　이다.

　또한, 정보공유확인 형식인 「ネ(↗)」와 마찬가지로 「ヨネ(↗)」도 센
다이방언의 설명적 장면에서 다음의 예과 같이 정보공유확인 마커로서
사용된다.

예) 普通の今の言葉ですよ。
　　みな, やっぱり, なんていうの, 70・80でもまあ, たまには仙台弁
　　も入るヨネ(↗)。
　　何だっけ, そう。
　　みんな, 今, 何と言うんだい。
　　仙台弁言う人少ないからね, うん。

　위의 담화자료는 센다이방언에 대한 이야기로 화자는 「ヨネ(↗)」를
사용함으로서 「70・80歳の人はたまに仙台弁を使っている(70・80세
의 사람은 가끔 센다이방언을 사용하고 있다)」라는 정보에 대한 공유
를 적극적으로 요구하여 그에 대해 확인함으로서 상대와 정보공유 하
에서 이야기를 진행시키고 있음을 알 수 있다.

　이상으로부터 「ヨネ(↗)」의 담화기능을 정리하면 다음과 같다.

D 정보공유확인 : 정보의 공유를 상대에게 적극적으로 요구하여 그
에 대해 확인함으로서 상대와 정보공유 하에서
이야기를 진행시키기 위한 마커로 사용된다(반드
시 상승 인토네이션으로 발화된다).

4.2.1.6 「デショー(↗)」「ッチャ」「ッチャネ(↗)」의 기능

미야자키(1993)는 「ダロウ」의 담화기능에 대해 「ダロウ」에는 다음
과 같이 추량 이외에 확인요구 용법이 인정된다고 지적하고 있다.

① 추량 : 정보가 화자 및 상대의 영역 외에 있음을 나타낸다.
예) たぶん明日は雨<u>だろう</u>な。
② 확인요구 : 정보가 상대의 영역에 있음을 나타낸다.
예) お前, あの娘のこと好きなん<u>だろう</u>?

그러나 확인요구의 경우, 센다이방언의 설명적 장면에서 사용되는
「デショー(↗)」(「ダロウ」의 정중체)는 미야자키(1993)가 지적하듯이
정보가 상대의 영역에 있는 경우도 있지만, 다음 예문과 같이 주로 정
보가 화자의 영역에 있는 경우(다음 예문의 전자)나 화자・청자 쌍방
에 있는 경우(다음 예문의 후자)에도 사용되어 정보의 공유를 적극적
으로 요구하여 그에 대해 확인함으로서 상대와 정보공유 하에서 이야
기를 진행시키기 위한 마커로서 사용된다. 따라서 본 연구에서는 이와
같은 용법을 「정보공유확인」이라고 부르기로 한다. 또한 「デショー」의
추량용법은 정보내용과 직접적인 관련을 갖고 있어 담화표식으로서는
인정할 수 없으므로 여기에서는 다루지 않기로 한다.

예) (生粋の仙台方言を使う人は)いない, いない, うん。
　　おばあちゃんだってそういうのをあまり使ってないからね。
　　よっぽどの, ほら, そっちから言われれば。
　　だけども, なにしろ120のおばあちゃんってそういないもん, うん。
　　まあ, 90とかなんとかという人だってそんなに来ないデショー(↗),
　　今。
　　80ぐらいの方っていうのは, まあ, 今の人と。
　　よっぽど昔の人だったら, だけどもな, うん。

　위의 담화자료는 방언의 현재와 과거에 대한 이야기로 정보가 주로
화자의 영역에 있는 경우이다. 여기에서 화자는 「デショー(↗)」를 사용
함으로서 「仙台方言を使っている人は90歳くらいの人だけど, そうい
う人はあまり(お店に)来ない(센다이방언을 사용하는 사람은 90세 정
도의 사람인데 그런 사람은 좀처럼 가게에 오지 않는다)」라는 정보에
대한 공유를 상대에게 적극적으로 요구하여 그에 대해 확인함으로서
상대와 정보공유 하에서 이야기를 진행시키고 있다는 것을 알 수 있다.

예) やっぱり, 仙台の良さというのは, やっぱり, その四季折々の季節
　　があるデショー (↗)。
　　夏はそんなに暑い, 暑いといったって, そんなに暑くないし, ね
　　(↗)
　　冬だって, そんな寒いといったってこがらしなんて, びゅうびゅう
　　吹くような寒さでもないし春, 秋, 秋, 夏, 冬, 一番過ごしやすい
　　じゃない。

> って言う, 皆は言うね。
> 私はもっと暖かい方がいいけど。

　위의 담화자료는 센다이의 날씨에 대한 이야기로 정보가 화자·청자 쌍방에 있다고 생각되는 경우이다. 여기에서 화자는「デショー(↗)」를 사용함으로서「仙台のよさというのは四季折々の季節があるのだ(센다이의 좋은 점은 사계절이 있다는 것이다)」라는 정보에 대해 상대와의 공유를 확인하면서 이야기를 진행시키고 있다는 것을 알 수 있다.

　이 이외에도 정보공유를 적극적으로 요구하여 확인하면서 이야기를 진행시키기 위한 마커로서 센다이방언에는「ッチャ」「ッチャネ(↗)」「ネ(↗)」「ヨネ(↗)」등이 있다. 이 중「ネ(↗)」「ヨネ(↗)」에 대해서는 전절에서 다루었으므로 여기에서는「ッチャ」「ッチャネ(↗)」에 대해 기술한다.

　다마카케(2001b)는 센다이방언의 종조사「ッチャ」의 용법에 대해 다음과 같이 기술하고 있다.

① 대화용법A : 원래 알고 있거나 틀림없이 알고 있을 것이라고 예
　　　　　　　상되는 사항을 상대가 잊고 있거나 알아차리지 못하
　　　　　　　는 경우에 그 사항을 들어「ッチャ」를 사용한다.
　예) 甲 : ねえ, 水, このくらいでいいかな。
　　　乙 : いや, こんでは焦げつく<u>ッチャ</u>↓
② 대화용법B : 상대가 알고 있거나 틀림없이 알고 있을 사항을 다
　　　　　　　음 발화내용의 토대로서 다루어 두고 싶은 경우에

그 사항을 들어「ッチャ」를 사용한다.

예) 甲₁ : おれの部屋西向きだ<u>ッチャ</u>ー↑

　　乙 : ああ，うん。

　　甲₂ : だから，朝とか昼間とか，ぜんぜん，日入らないよ。

③ 독화(独言)용법 : 자기 자신이 어떠한 사항을 생각해 내거나 알아
　　　　　　　　　차린 경우에 그 사항을 들어 독화적으로「ッ
　　　　　　　　　チャ」를 사용한다.

예) [道向こうに友人の"マサル"を見かけた]

　　あれ，あれはマサルだ<u>ッチャ</u>。

다마카케(2001b)는 주로 회화장면을 다루고 있으므로 필자가 대상으로 하고 있는 설명적 장면과는 성질이 다르지만, 예를 들면 ②의「대화용법B」, 즉, 「상대가 알고 있거나 틀림없이 알고 있을 사항을 다음 발화내용의 토대로서 다루어 두고 싶은 경우에 그 사항을 들어「ッチャ」를 사용한다」와 같은 용법은 필자가 지적하는「상대와 정보공유를 확인해 가면서 이야기를 진행시키기 위한 마커로 사용되는『ッチャ』의 용법에 매우 가깝다고 생각된다. 이는 필자가 회화장면의 일부인 설명적 장면을 다루고 있기 때문일 것이다. 즉, 「ッチャ」는 다음 예문과 같이 정보의 공유를 적극적으로 요구하여 그에 대해 확인함으로서 상대와 정보를 공유하면서 이야기를 진행시키기 위한 마커로서 사용되고 있다.

예) ああ, でも, もう普通の漬けるのはやっぱり塩分をうんと強くしな
いと春先まで置かれないからね, え。
長く持たないからね。
だから, ま, 何のことない。
塩を食べているのと同じさ, え。
鮭だって, やあ, この辺に売りに来るのなんか, 皆, もう冷凍技術
だの, もうその頃発達していない, 我々子供の頃。
だから, 塩だけで皆保存するんだ_ッチャ_。
だから, あ, こう, 焼いたりすると, もう塩みなぎゃあと出てきて
ね。
・ ・ ・ ・

위의 담화자료는 음식물의 보존방법에 대한 이야기로 화자는 「ッ
チャ」를 사용함으로서 「子供の頃冷凍技術などは発達していなかった
から塩だけで保存したのだ(어렸을 때 냉동기술이 없었기 때문에 음식
은 소금만으로 보존했다)」라는 정보에 대한 공유를 상대에게 적극적으
로 요구하여 그에 대해 확인함으로서 상대와 정보공유 하에서 이야기
를 진행시키고 있다. 또한 다음 예문과 같이 「ッチャ」에 「ネ」가 접속한
「ッチャネ(↗)」도 빈번히 사용된다. 이 「ッチャネ(↗)」도 「ッチャ」와
같은 기능을 갖는 마커로 사용되고 있다.

예) 私は慣れているからそう思わないけど。

やっぱりね, あのう, ほら, あっちの人は東京だの向こうから来る
とね。

うんと, 何というの。

「寒いねえ」っていう人もいるんだよね(↗)。

雪は降んないからいいんだよ。

雪ないし。

韓国は雪降る<u>ッチャネ(↗), ネ(↗)</u>。

・ ・ ・ ・

위의 담화자료는 센다이의 날씨에 대한 이야기로 화자는 「ッチャネ
(↗)」를 사용함으로서 「韓国は雪が降る(한국에 눈이 온다)」라는 정보
에 대한 공유를 상대에게 적극적으로 요구하여 그에 대해 확인함으로서
상대와 정보공유 하에서 이야기를 진행시키고 있다는 것을 알 수 있다.

이상으로부터 센다이방언의 설명적 장면에서 사용되는 「デショー
(↗)」「ッチャ」「ッチャネ(↗)」의 담화기능을 정리하면 다음과 같다.

D 정보공유확인: 정보의 공유를 상대에게 적극적으로 요구하여 그
에 대해 확인함으로서 상대와 정보공유 하에서
이야기를 진행시키기 위한 마커로 사용된다(「デ
ショー(↗)」「ッチャネ(↗)」는 반드시 상승 인토
네이션으로 발화된다).

4.2.1.7 「ウン」「エ」의 기능

센다이방언 화자는 설명적 장면에서 그때까지의 자신의 이야기에 대해 스스로 정리하여 자기확인하며 이야기를 진행시키는 형식인 「ウン」「エ」를 다용하는 경향이 있다. 이와 같이 담화 속에서 자기확인하기 위해 사용되는 마커인 「ウン」「エ」에 대해 다룬 연구는 찾아 볼 수 없는데, 「ウン」「エ」는 다음 예문과 같이 센다이방언의 설명적 장면에서 자기확인하면서 이야기를 진행시키기 위한 마커로 사용된다.

예) 家の娘が藤崎に行っていたのよ。
　　で, 藤崎あたりはね, もう水道出なくなったのよ。
　　だから, 何日くらい休んだい？ デパートね。
　　1週間くらい休んだね(↗), ウン。
　　　　　　　　・ ・ ・ ・

위의 담화자료는 지진에 대한 이야기로 화자는 「ウン」을 사용함으로서 「(地震で)水が出なくなったから(仕事を)1週間くらい休んだのだ (지진 때문에 물이 나오지 않았기 때문에 1주일 정도 일을 쉬었다)」라는 설명에 대해 스스로 자기확인해 가면서 이야기를 진행시키고 있다.

또한 다음의 담화자료는 전쟁에 대한 이야기로 화자는 「エ(ー)」를 사용함으로서 「ちょうど私らの頃がかろうじて兵隊には行かないで済んだわけだ(딱 우리 연령 사람들이 겨우 군대에 가지 않아도 되게 되었다)」「ちょうど私が18歳で終戦になったのだ(딱 내가 18살 때 전쟁이 끝났다)」라는 설명에 대해 스스로 정리하여 자기확인하면서 이야기를 진행시키고 있다.

예) 戦争はね, ちょうど私らの頃がかろうじて兵隊には行かないで済
んだわけですよ, うう, エー。
だから, もうあと1年間か2年, この太平洋戦争が伸びれば戦争に
行ったね。
ちょうど, 私18だかで終戦になったからね, エ。

그러나 이와 같은 「ウン」「エ」는 자기확인이라는 언어행동을 행함
으로서 스스로 납득하면서 이야기를 진행시킬 뿐만 아니라 상대도 납
득시키는 효과를 갖는다.

이상, 센다이 방언의 설명적 장면에서 사용되는 「ウン」「エ」의 담화
기능을 정리하면 다음과 같다.

F 자기확인 : 그때까지의 자신의 이야기를 스스로 정리하여 자기확
인하며 이야기를 진행시켜가기 위한 마커로 사용되지
만, 이는 동시에 상대도 납득시키는 효과도 갖는다.

이상 센다이방언의 설명적 장면에서 사용되는 담화표식3)과 그 기능
에 대해 검토했다. 그 결과를 정리한 것이 다음의 <표1>이다. 표에는

---

3) 본 연구에서 다루는 담화표식은 크게 세 가지이다. 첫째로 담화의 진행에 관계되는
표식(발화권취득·유지형식인 「ダカラ」, 설명 개시·누가형식인 「ソレデ」「ソシテ」
「ソースルト」「ソレカラ」「ソーシタラ」), 둘째로 정보공유에 관계되는 표식(정보공
유표시형식인 「ヤハリ」, 정보공유환기형식인 「ホラ」, 정보공유확인형식인 「ネ」「ヨ
ネ」「ワネ」「デショー」「ジャナイ」, 정보공유재확인형식인 「ネ」), 마지막으로 담화
의 이해에 관계되는 표식(상대를 이야기에 끌어들이는 형식인 「ネ」「サ」, 자기확인형
식인 「ウン」「エ」)의 3종류이다.

담화표식의 기호(A(A')~F, ■)4), 대표형과 구체적 형식・기능이 제시
되어 있다. 또한, 「ネ」는 감동사・간투조사・종조사 세 품사에 걸쳐 있
으므로 대표형란에 약어로 그 구별을 표시하였다. 인토네이션은 그 형
식이 반드시 상승조를 동반하는 경우만 화살표(↗)를 표시하였다.

<표1> 설명적장면에서 사용되는 담화표식과 그 기능
- 센다이방언 -

기호	대표형	구체적 형식	기능
A	ダカラ	ダ, ダー, ダカ, ダカラ, ダカラー, ﾝダカラ, ﾝダカラー, ダガ, ダガ ラ, ダガラー, ﾝダガラ, ﾝダガ ラー, ダーラ, ﾝダラ, ﾝダーラ, ダケ, ダッケ	**발화권취득** 담화의 모두에 사용되어 상대로 부터 발화권을 받는다. **발화권유지** 담화의 도중에 사용되어 계속해 서 이야기를 진행시키려는 화자 의 의지를 상대에게 나타냄으로 서 발화권을 유지한다.
A'	ソレデ/ ソースルト/ ソシテ/ ソーシタラ/ ソレカラ	ソレデ, ソンデ, ソーデ, ンデ, デ, ホンデ, ホイデ, ホデ/ソースル ト, ソースット, スット, スト/ ソーシテ, ソシテ, ソッテ, シテ/ ソーシタラ, ソシタラ, シタラ/ ソレカラ, シテカラ	**설명개시** 담화의 모두에 사용되어 설명을 개시한다. **설명누가** 담화의 도중에 사용되어 설명을 첨가한다.
■	ネ(間・終)/ サ	ネ, ネー/ サ, サー, ッシャ, シャ, シャー	**끌어들임** 그때까지의 이야기를 상대가 이 해하고 있는지를 확인하고 계속 해서 상대를 이야기 속에 끌어들 임으로서 이야기를 전개한다.

---

4) 본 연구에서는 각 방언에서 사용되는 모든 담화표식의 출현빈도와 조합패턴을 계량
   적으로 나타내기 위해 A(A')~F, ■등의 기호를 사용하기로 한다.

B	ヤハリ	ヤハリ, ヤッパリ, ヤッパ, ヤッパシ	**정보공유표시** 정보의 공유를 전제로 이야기를 진행시키고 있다는 것을 상대에게 나타낸다.
C	ホラ	ホラ, ホレ	**정보공유환기** 화자와 상대가 이전 공유하고 있었던 정보나 앞으로 공유가능하다고 판단되는 정보의 공유를 상대에게 환기시킨다.
D	デショー(↗)/ネ(↗)(終・感)/ヨネ(↗)/ッチャ/ッチャネ(↗)	デショー(↗), デショ(↗), ッショ(↗)/ネ(↗), ネー(↗), ンネ(↗)/ヨネ(↗), ヨネー(↗)/ッチャ, ッチャー/ッチャネ(↗)	**정보공유확인** 상대에게 정보의 공유를 적극적으로 요구하여 그에 대해 확인한다.
E	ネ(↗)(感)	ネ(↗), ネー(↗), ンネ(↗)	**정보공유재확인** 정보의 공유를 다시 한번 확인한다.
F	ウン/エ	ウン, ウーン/エ, エー	**자기확인** 그때까지의 이야기를 스스로 정리하여 자기 확인하고 그렇게 함으로서 상대도 납득시켜가며 이야기를 전개한다.

상승 인토네이션은 상승조의 인토네이션과 상승조・하강조의 인토네이션과 같이 나타나는 경우가 있지만, 본 연구에서는 구별 없이 상승조의 인토네이션만으로 표시하였다.

이하 4.2.2절에서는 이와 같은 담화표식의 출현경향, 즉, 담화표식의 출현빈도와 조합패턴을 구체적 사례와 함께 제시함으로서 센다이방언의 담화전개방법에 대해 고찰한다. 우선 구체적 사례를 분석하고 다음으로 담화표식의 출현빈도, 조합패턴을 고찰하기로 한다.

4.2.2 담화표식의 출현경향

4.2.2.1 담화전개의 사례분석

센다이방언에서의 담화전개방법을 밝히기 위해 여기에서는 조사해서 얻어진 담화자료 중에서 고년층 화자의 담화전개의 특징을 전형적으로 나타내고 있다고 생각되는 다음 네 장면을 예로 들어 고찰하기로 한다.

또한, 이하의 표 속에서 ①②는 포즈(화제가 바뀌는 포즈보다 짧고 어구보다 긴 포즈)로 나눈 문의 번호로 문법적으로는 구·문에 대응된다. 또한, 1·2는 형식적·의미적으로 연결된 문의 번호로 문법적으로는 문, 혹은 문 연속에 대응된다. 또한, 담화자료는 방언의 담화를 가타카나로 표기하고 그 아래에 공통어역을 달았다. <표1>에서 제시한 담화표식을 사용하여 담화를 전개하고 있는 구체적 사례가 담화자료 1, 2, 3, 4이다.

담화자료1 센다이의 날씨에 대한 이야기
(다이쇼 15년생, 여성, 당시 74세, 상점경영)

1	① ワダシワ ナレデッカラ ソー オモワナイゲド ② ヤッパリネ アノー ホラ アッチノ ヒトワ トーキョーダノ ム ゴーカラ クルドネ ③ ントー ④ ナンテ ユノ ⑤ 「サムイネー5)」ッテユー ヒトモ イルンダヨネ(↗)

---

5) 이 「ネ」는 화자가 조사자인 필자(상대)에게 직접 사용한 형식이 아니라 본문 중에 「도쿄와 같이 남쪽으로부터 오는 사람은 『寒いねえ』라고 말한다」라는 이야기를 그대로 인용한 것이다. 본 연구에서는 이러한 것은 분석대상에서 제외하기로 한다.

2	⑥ ユギワ ナイガラ イーンダヨ
	⑦ ユギ ナイシ
3	⑧ カンコグワ ユギ フルッ チャネ(↗)
	⑨ シネ(↗)
4	⑩ ユギワ アンマリ ナインダ
5	⑪ シェージェー フッテモ サ ニジュッセンチグ ライカ ネ
6	⑫ ヨコハマダッテ フンナイ ヨネ(↗)

<공통어역>

① 私は慣れているからそう思わないけど。
② やっぱりね, あのう, ほら, あっちの人は東京など, 向こうから来るとね。
③ うんと。
④ なんというの。
⑤ 「寒いねえ」って言う人もいるんだよね(↗)。
⑥ 雪はないからいいんだよ。
⑦ 雪ないし。
⑧ 韓国は雪降るよね(↗)。
⑨ ね(↗)。
⑩ 雪はあんまりないんだ。
⑪ せいぜい降ってもさ, 20センチぐらいかね。
⑫ 横浜だって降らないよね(↗)。

담화자료1에서 화자는 센다이의 날씨라는 내용을 상대에게 전달하기 위해 여러 가지 담화표식을 사용하면서 이야기를 진행시키고 있다. 우선, 1에서 화자는 「東京など, 南から来る人は寒いと感じる(도쿄 와 같이 남쪽에서 오는 사람은 춥다고 느낀다)」라는 정보의 공유를 전제로 이야기를 진행시키고 있다는 것을 「ヤッパリ(=ヤハリ)」를 사용함으로서 상대에게 나타내고 「ネ」(2회)로 상대를 이야기 속으로 끌어들이면서 이야기를 진행시키고 있다. 그리고 「ホラ」로 상대에게 정보의 공유를 환기하고 「ヨネ(↗)」로 정보의 공유를 확인한다. 3에서도 화자는 「韓国は雪が降る(한국은 눈이 내린다)」라는 정보에 대해 이미 알고 있지만, 「ッチャネ(↗)」를 사용함으로서 상대와의 정보의 공유를 확인하고, 「ンネ(↗)」로 정보의 공유를 재확인하면서 이야기를 진행시키고 있다. 또한, 5에서는 「サ」「ネ」로 계속해서 상대를 이야기 속으로 끌어들이면서 이야기를 진행시키고 있다. 6에서도 화자는 「ヨネ(↗)」로 「横浜も(雪が)降らない(요코하마도 눈이 내리지 않는다)」라는 정보의 공유를 상대에게 확인해 가면서 이야기를 진행시키고 있다.

담화자료1로부터 화자는 「ヤハリ」(B), 「ネ」(■), ホラ(C), 「ヨネ(↗), ッチャネ(↗)」(D), 「ネ(↗)」(E)와 같이 여러 가지 담화표식을 사용함으로서 상대에게 정보의 공유를 반복적으로 촉구해 가며 이야기를 진행시키고 있다는 것을 알 수 있다.

이 담화자료1에서 담화표식만을 꺼내서 담화표식의 조합패턴(알파벳의 배열)을 나타낸 것이 <그림2>이다. <그림2>의 기호는 <표1>의 기호와 대응된다. 담화표식의 조합패턴에 대해서는 4.2.2.3절에서 자세히 다루기로 한다.

<그림2>에서도 알 수 있듯이 담화자료1에서 특징적인 것은 「ヤハ

リ」(B)로 정보의 공유를 전제로 하고 있다는 것을 상대에게 나타내고 「ネ」(■)로 상대를 이야기 속으로 끌어들이며, 「크ネ(↗), ッチャネ (↗)」(D), 「ネ(↗)」(E)로 정보공유를 확인하거나 정보공유를 재확인 하면서 이야기를 진행시키고 있다는 것이다. 화자는 이 패턴과 같이 여러 가지 담화표식을 사용함으로서 상대를 이야기 속으로 끌어들여 상대와 정보공유 하에서 이야기를 진행시키고 있다는 것을 알 수 있다.

<그림2> 담화표식의 조합패턴

```
1 B■C■D
2
3 DE
4
5 ■■
6
```

이와 같은 패턴은 센다이 방언의 여러 담화 속에 자주 나타난다. 다음 담화자료2에서도 마찬가지이다.

담화자료2 자신의 몸에 대한 이야기
(다이쇼 14년생, 남성, 당시 74세, 전 국철직원)

1	① ホラ ワタシ イブグロ トッテンノ ネ
	② ゼン ゼンブ トッテンノ
2	③ ンダガラ ネー イロイロ コーイショーガ ホラ モー トッテ ジューゴネング゚ライ ナリマスケド ネ

3	④ ダ マ ソノタメニ コエガ ネ デナグナッタリ ネ ⑤ ムガシワ ツトメテ ネ アノ カラオゲダノ ヤッテ ネ コエオ ネ ギューギュー ダシタリ ネ シタノ サイショ ネ
4	⑥ ヤッパリ ジブンデ ドリョグシナイト ネー(↗) ウン
5	⑦ ダーラ リョーワ タベランネンダヨ
6	⑧ ヤッパリ ホラ イブクロ タメル ッチャ(↗) ⑨ タベデ ネ
7	⑩ ソレガ タマットゴ ナイガラ ネ ⑪ スグ ショーチョー(小腸)イッチャウ
8	⑫ アノ ネ ユックリ ユックリ ジガン カゲテ ネ
9	⑬ ソレデ ダン ダンタイリョコーデ イグド ネ ⑭ ワタシ イヂバン ネ アノ ドンジリニナンノ
10	⑮ ソレデ ネ モー ハンブンモ クッテ ヤメチャウノ (笑)

＜공통어역＞

① ほら, 私胃袋とっているのね。 ② 全部とっているの。 ③ だから, 色々後遺症がほら, もうとって15年ぐらいなりますけど ね。 ④ だから, まあ, そのために声がね, 出なくなったりね。 ⑤ 昔は努めてね, あの, カラオケだのやってね, 声をね, ぎゅうぎゅう 出したりね, したの, 最初ね。 ⑥ やっぱり自分で努力しないとねえ(↗), うん。 ⑦ だから, 量は食べられないんだよ。 ⑧ やっぱり, ほら, 胃袋溜めるよね(↗)。

---

⑨ 食べてね。

⑩ それが溜まるとこないからね。

⑪ すぐ小腸行ってしまう。

⑫ あのね，ゆっくりゆっくり時間かけてね。

⑬ それで，団体旅行で行くとね。

⑭ 私一番ね，あの，最後になるの。

⑮ そしてね，もう半分も食ってやめてしまうの。(笑)

담화자료2는 자신의 몸에 대한 이야기로 여기에서도 화자는 정보내용을 상대에게 전달하기 위해 다양한 담화표식을 사용하고 있다. 우선, 1에서 화자는「ホラ」로「胃袋をとっている(위를 떼어냈다)」라는 정보의 공유를 상대에게 환기하고「ネ」로 상대를 이야기 속으로 끌어들이면서 이야기를 진행시키고 있다. 2에서는「ッダガラ(=ダカラ)」를 사용하여 계속해서 이야기를 진행시키려는 의지를 나타냄으로서 발화권을 유지하여「もうとって15年ぐらいになるけど，色々後遺症が(ある)(떼어낸 지 15년정도 되는데 여러 가지 휴유증이 있다)」라는 설명을 첨가한다. 그리고「ホラ」로 그 정보의 공유를 상대에게 환기,「ネ」로 상대를 이야기 속으로 끌어들이면서 이야기를 진행시키고 있다. 3에서도 화자는「ダ(=ダカラ)」로 발화권을 유지하여「そのために声が出なくなったりしたので昔は(最初は)カラオケに行って声をぎゅうぎゅう出したりしたのだ(그 때문에 목소리가 나오지 않아서 전에는 가라오케에 가서 소리를 삑삑 내보기도 했다)」라는 설명을 첨가하고 있다. 또한,「ネ」(7회)로 상대를 이야기 속으로 끌어들이면서 이야기를 진행시키고 있다. 4에서는「自分で努力しないといけないのだ(스스로 노력하지 않

으면 안된다)」라는 정보의 공유를 전제로 이야기를 진행시키는 것을
「ヤッパリ」를 사용함으로서 상대에게 제시하고 「ネー(↗)」로 그 정보
에 대한 공유를 적극적으로 요구하면서 이야기를 진행시키고 있다. 게
다가 화자는 「ウン」으로 그때까지의 이야기를 정리하여 자기확인하면
서 이야기를 진행시키고 있는데, 이는 동시에 상대도 납득시키는 효과
를 갖는다고 생각된다. 5에서도 화자는 「ダーラ(=ダカラ)」로 발화권을
유지하여 「量は食べられない(많은 양은 먹을 수 없다)」라는 설명을 첨
가하고 있다. 6에서 화자는 「食べると胃袋に溜めるのだ(많이 먹으면
위에 쌓여 소화가 되지 않는다)」라는 정보의 공유를 전제로 이야기를
진행시키고 있다는 것을 「ヤ ッパリ(=ヤハリ)」로 상대에게 나타내고
「ホラ」로 그 정보의 공유를 상대에게 환기, 「ッチャ(↗)」로 그 정보의
공유를 확인하며 이야기를 진행시키고 있다. 또한, 7·8에서는 「ネ」로
상대를 이야기 속으로 끌어들이면서 이야기를 진행시키고 있다. 9·10
에서는 「ソレデ」「ソシテ」로 설명을 누가하고 「ネ」로 계속해서 상대를
이야기 속으로 끌어들이면서 이야기를 진행시키고 있다.

　이 담화자료2에서 화자는 「ダカラ」(A), 「ソレデ, ソシテ」(A'), 「ヤハ
リ」(B), 「ネ」(■), 「ホラ」(C), 「ネ(↗), ッチャ(↗)」(D), 「ウン」(F)과 같
은 담화표식을 사용하면서 이야기를 전개시켜 나가고 있다는 것을 알
수 있다.

<그림3> 담화표식의 조합패턴

```
1  C■
2  A■C■
3  A■■■■■■■
4  BDF
5  A
6  BCD■
7  ■
8  ■■
9  A'■■
10 A'■
```

<그림3>은 담화자료2의 담화표식의 조합패턴을 제시한 것이다.

<그림3>에서 알 수 있듯이 담화자료2에서 특징적인 것은 「ダカラ」(A)로 발화권을 유지하고, 「ネ」(■)로 상대를 이야기 속으로 끌어들이며 「ヤハリ」(B)로 정보공유를 전제로 하고 있다는 것을 명시, 「ホラ」(C)로 정보의 공유를 환기, 「ネ(↗), ッチャ(↗)」(D)로 정보의 공유를 확인하면서 이야기를 진행시키고 있다는 것이다. 또한, 「ソレデ, ソシテ」(A')로 설명을 첨가하고, 「ウン」(F)으로 자기 확인해 가면서 이야기를 전개시켜 나가는 것도 특징적이다. 이와 같은 패턴은 앞에서 본 담화자료1과 기본적으로 같고 다음의 담화자료3, 4와도 공통되는 부분이 있다.

담화자료3 일본의 경제에 대한 이야기

(쇼와 1년생, 남성, 당시 74세, 전 전력회사 근무)

1	① ダガラ アノネ ウ アノ センゴ ネ アノー イワユル ケ ケ イザイ ジーピーエヌ ユーネ~~~~ ダッタノワ ニホン ソノツギ カンコク マタワ タイワンナンダヨ ② ネ(↗)
2	③ ダガラ イヂオー アメリカワ モー ベヅダヨ ④ ドルダゲダガラ
3	⑤ ダガラ ヨーロッパッテユー クニワ マー ゴゾンジノヨーニ イーユドガ ナンカデ ヤッテル デショ(↗) ⑥ ネ(↗) ⑦ ユーロッテユー カネ ツカッテイル デショ(↗) ⑧ ネ(↗)
4	⑨ アレワ ホレ イワユル ニホンダノ アメリカニ タイコーデギ ネーカラ セメデ オーシュー ナンカコグデ マドマッテ ヤロー デァネーガトユーカラ ゴドデ

* ~~~~~부분은 청취가 곤란하거나 불가능한 부분

<공통어역>

① だから, あのね, あの戦後ね, あのう, いわゆる経済GNPというね, ~~~~だったのは, 日本, その次韓国, または台湾なんだよ。 ② ね(↗) ③ だから, いちおう, アメリカはもう別だよ。 ④ ドルだけだから。 ⑤ だから, ヨーロッパという国は, まあ, ご存知のようにEUとかでなんかでやっているでしょう(↗)。

> ⑥ ね(↗)。
> ⑦ ユーロという金使っているでしょう(↗)。
> ⑧ ね(↗)。
> ⑨ あれは, ほら, いわゆる日本だのアメリカに対抗できないから, せめて欧州何ヶ国でまとまってやろうじゃないかということで。

담화자료3에서도 화자는 여러 가지 담화표식을 사용하여 이야기를 진행시키고 있다. 우선, 1에서 화자는 일본의 경제에 대한 정보요구에 대해「ダガラ(=ダカラ)」로 상대로부터 발화권을 취득하여 이야기를 시작하고 있다. 또한 ①의「ネ」(3회)를 사용함으로서 상대가 그때까지의 이야기를 이해하고 있는지를 확인하여 상대를 이야기 속으로 끌어들이면서 이야기를 진행시킨다. ②에서는「ネ」(↗)를 사용함으로서「戦後, いわゆる経済GNPというのは, 日本, その次, 韓国, または台湾の順だ (전후 소위 경제 GNP는 일본, 그 다음 한국, 타이완의 순이다)」라는 정보의 공유를 상대에게 적극적으로 요구하여 확인하면서 이야기를 진행시킨다. 2에서 화자는「ダガラ(=ダカラ)」로 계속해서 이야기를 전개시키려는 의지를 상대에게 나타냄으로서 발화권을 유지하면서 이야기를 진행시킨다. 3에서도 화자는「ダーラ(=ダカラ)」로 발화권을 유지하여「ヨーロッパという国はご存知のようにEUとか何かでやっている, ユーロというお金を使っている(유럽은 아는 바와 같이 EU로 유로와 같은 돈을 사용하고 있다)」라는 설명을 첨가하고 있다. 그리고,「デショ(↗)」(2회)로 그 공유정보를 확인하면서 이야기를 진행시키고 있다. 또한 화자는「ネ(↗)」(2회)를 사용함으로서 정보의 공유를 재확인하면서 이야기를 진행시키고 있다. 4에서는 「ホレ(=ホラ)」를 사용함으로서 「(ヨーロッパという国は)いわゆる, 日本, アメリカに対抗できないから, せめて欧州何ヶ国でまとまってやろうではないかということだ(유럽은 일본, 미국에 대항할 수 없기 때문에 유럽 몇 개국이 통합한 것이다)」라는 정보의 공유를 상대에게 환기시키면서 이야기를 진행시키고 있다.

이 담화자료3으로부터도 화자는 「ダカラ」(A), 「ネ」(■), 「ホラ」(C), 「デショー(↗), ネ(↗)」(D), 「ネ(↗)」(E) 등의 담화표식을 사용함으로서 상대에게 정보공유에 대한 호소를 반복하면서 이야기를 진행시키고 있다는 것을 알 수 있다.

담화자료3의 담화표식의 조합패턴을 나타낸 것이 <그림4>이다.

<그림4>로부터 알 수 있듯이 담화자료3에서 특징적인 것은 「ダカラ」(A)로 발화권을 취득하거나 유지하면서 이야기를 진행시키고 있다는 것이다. 또한, 「ネ」(■)로 상대를 이야기 속으로 끌어들이고 「ホラ」(C)로 정보의 공유를 환기, 「デショー(↗), ネ(↗)」(D), 「ネ(↗)」(E)로 정보의 공유를 확인하거나 재확인하면서 이야기를 진행시키는 것도 특징적이다.

<그림4> 담화표식의 조합패턴

```
1 A■■■D
2 A
3 ADEDE
4 C
```

담화자료4 음식 보존방업에 대한 이야기

(쇼와 5년생, 남성, 당시 71세, 전 전력회사 근무)

1	① ア デモ フツーノ ツケンノワ ヤッパリ シ インブンオ ウット ツヨグ シナイド ハルサギマデ オガンナイガラ ネー エ ② ナガ グ モダナイガラ ネー
2	③ ンダカラ マ ナンノ ゴトネー ④ シオバ タベテイルノド オナジ ッシャ エ
3	⑤ シャケダッテ ヤー コノ ヘンサ ウッサ クンノ ナンカ ミナー モー レイトーギジュツダノ モー ソノコロ ハッタツシテネ ワレ ワレ コドモノコロ
4	⑥ ンダカラ シオダケデ ミナ ホゾンスルンダイ ッチャ
5	⑦ ンダカラ ア コー ヤイダリ スット モー シオ ミナ ギャード デ テキテ ネ
6	⑧ イマワ モー ツリ トッタノ スグ スグ モー モッテ キテ カテイ サ クエバ レイゾーコ アル ナニモ アルデ ネ ホゾンモ キクッス ネ アルテードワ
7	⑨ コンナノ ナガッタガラ ホレ コノ コドモノ コロ エー
8	⑩ ンダカラ シオヅケガ カンソーモノ ッシャ ホラ ヒ フユブンノ ワ ネ
9	⑪ ンダカラ コドニ サムイ ドゴノ コッチ センダイノ ホーデモ イ ナガノ ホーダド コイナ ホゾンショグノ アイヅ ッショ (↗) シ オダノ ネ ナンダノッテ
10	⑫ ソノ テンワ イマ アーイッタ ネ モー ザーット ヤマオクニデモ ナンデモ ミンナ ウリニワ イグシ ネ エ
11	⑬ シテ ダイタイ ドーロジジョーガ ヨグ ナッタガラワ ネ エ

<공통어역>

> ① ああ, でも, もう普通の漬けるのはやっぱり塩分をうんと強くしないと, 春先まで置かれないからね, え。
> ② 長く持たないからね。
> ③ だから, まあ, 何のことない。
> ④ 塩を食べているのと同じさ, え。
> ⑤ 鮭だって, やあ, この辺に売りに来るのなんか, 皆, もう冷凍技術だの, もうその頃発達していない, 我々子供の頃。
> ⑥ だから, 塩だけで皆保存するんだよね(↗)。
> ⑦ だから, あ, こう, 焼いたりすると, もう塩みなぎゃあと出てきてね。
> ⑧ 今はもう釣りとったの, すぐもう持ってきて家庭にくれば, 冷蔵庫もある, 何もあるでね, 保存もきくしね, ある程度は。
> ⑨ こんなのなかったから, ほら, この子供の頃, ええ。
> ⑩ だから, 塩漬けか乾燥ものさ, ほら, 冬分のはね。
> ⑪ だから殊に寒いとこの, こっち仙台の方でも田舎の方だとこんな保存食のあいつでしょう(↗), 塩だのね, 何だのって。
> ⑫ その点は今あのようなね, もうざあっと山奥にでもなんでもみんな売りには行くしね, え。
> ⑬ そして, だいたい道路事情がよくなったからね, え。

담화자료4에서 화자는 음식물의 보존방법에 대한 상대의 정보요구에 대해 여러 가지 담화표식을 사용하면서 이야기를 진행시키고 있다. 우선, 1에서 화자는 「普通, 漬物をつける時は塩分を強くしないと春まで長く保存できない(보통 츠케모노를 만들 때는 염분을 강하게 하지 않으면 봄까지 보존할 수 없다)」라는 정보의 공유를 전제로 하고 있다는 것을 「ヤッパリ(=ヤハリ)」를 사용함으로서 상대에게 나타내고 「ネー」(2회)로 그때까지의 이야기를 상대가 이해하고 있는지를 확인하여 상대를 이야기 속으로 끌어들이면서 이야기를 진행시키고 있다. 또한, 「エ」로 그때까지의 이야기를 정리하여 자기확인하면서 이야기를 진행시키고 있다. 2에서 화자는 「ンダカラ(=ダカラ)」로 계속해서 이야기를 진행시키려는 의지를 나타냄으로서 발화권을 유지하여 「その漬物を食べるのは塩を食べているのと同じだ(그 츠케모노를 먹는 것은 소금을 먹고 있는 것과 마찬가지다)」라는 설명을 추가하고 「エ」로 자기확인하면서 이야기를 진행시키고 있다. 4에서도 화자는 「ンダカラ(=ダカラ)」로 발화권을 유지하여 「塩だけで皆保存するのだ(소금만으로 모두 보존한다)」라는 설명을 첨가하고 「ッチャ」로 그 정보에 대한 공유를 적극적으로 요구하여 확인함으로서 상대와 정보공유 하에서 이야기를 진행시키고 있다. 5에서도 화자는 「ンダガラ(=ダカラ)」로 발화권을 유지하여 설명을 추가하고 「ネ」로 상대를 이야기 속으로 끌어들이면서 이야기를 진행시키고 있다. 7에서는 「ホレ(=ホラ)」에서 정보의 공유를 상대에게 환기, 「エー」로 자기 확인하면서 이야기를 진행시키고 있다. 8에서도 화자는 「ンダカラ(=ダカラ)」로 「冬の分は塩漬けか乾燥したものだ(겨울에 먹는 것은 소금으로 절인 것이나 건조시킨 것이다)」라는 설명을 첨가하고 「ホレ(ホラ)」로 그 정보의 공유를 상대에게 환기, 「ネ」「ッシャ」로 상대를 이야기 속으로 끌어들이면서 이야기를 진행시키고 있다. 9에서도 화자는 「ンダーラ(=ダカラ)」로 「仙台の方でも殊に寒い田舎の方だとこのような保存食のものが多い(센다이에서도 특히 추운 시골에서는 이러한 보존식이 많다)」라는 설명을 첨가하고 있다. 또한, 「ッショ(=デショー)(↗)」로 정보의 공유를 확인하면서 이야기를 진행시키고 있다. 10에서는 「シテ(=ソシテ)」로 설명을 첨가하고 「ネ」로 계속해서 상대를 이야기 속으로 끌어들이며 「エ」로 자기확인하면서 이야기를 진행시키고 있다.

이 담화자료4에서도 화자는 「ダカラ」(A), 「ソシテ」(A'), 「ネ」(■), 「ホラ」(C), 「ッチャ, デショー(↗)」(D), 「ウン」(F) 등과 같은 담화표식을 사용하면서 이야기를 진행시키고 있다는 것을 알 수 있다.

담화자료4의 담화표식의 조합패턴을 나타낸 것이 <그림5>이다.

<그림5> 담화표식의 조합패턴

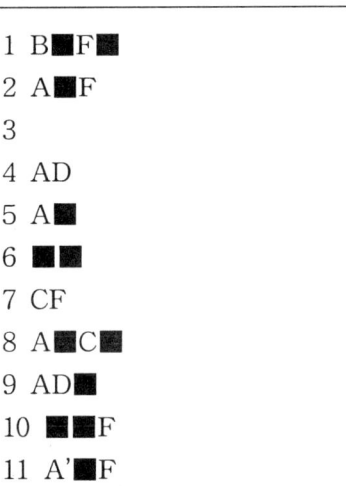

<그림5>로부터 알 수 있듯이 담화자료4에서 특징적인 것은 「ダカラ」(A)로 발화권을 유지하고 「ネ」(■)로 상대를 이야기 속으로 끌어들이며 「ホラ」(C)로 정보의 공유를 환기, 「ッチャ, デショー(↗)」(D)

로 정보의 공유를 확인하면서 설명을 계속해가는 것이다. 또한, 「ウン」(F)으로 자기확인하면서 이야기를 진행시키는 것도 특징적이다. 이렇게 담화자료4도 담화자료1·2·3과 유사한 패턴이 인정된다는 것이 밝혀졌다.

이상 센다이방언의 설명적 장면의 담화전개방법을 구체적 사례를 통해 검토했다. <그림6>은 센다이방언의 설명적 장면에서 사용되는 담화표식과 그 기능으로부터 본 담화전개방법을 정리한 것이다.

이 <그림6>에서 담화표식은 각 문에서 그 위치가 자유로운 형식인 「ネ, サ」를 빼고, A(A')~F의 순서로 나타나는 것이 전형적이다(가로의 화살표는 ■(ネ, サ)의 위치, 세로의 화살표는 출현 순서). 또한 이 그림은 모든 담화표식이 나타나는 경우를 가정하고 있지만, 실제로는 이 모든 담화표식이 나타나는 것이 아니라 각각의 출현빈도에 따라 몇 개의 담화표식이 조합되어 나타난다. 그리고 센다이방언의 설명적 장면에서는 <그림6>과 같은 패턴이 <그림2>~<그림5>의 구체적 예와 같이 몇번 반복됨으로서 담화가 전개되고 있다.

이상으로부터 센다이방언의 고년층 화자는 「ダカラ」(A)로 발화권을 취득·유지를 명확하게 표명, 혹은 「ソレデ」(A')로 설명을 개시·누가 하고 「ヤハリ」(B)로 정보의 공유를 전제로 하고 있다는 것을 명시, 「ホラ」(C)로 정보의 공유를 상대에게 환기, 「デショー(↗), ネ(↗), コネ(↗), ッチャ, ッチャネ(↗)」(D)로 정보의 공유를 확인함과 동시에 「ネ(↗)」(E)로 정보의 공유를 재확인하면서 이야기를 진행시키고 있다는 것이 밝혀졌다. 또한, 「ネ, サ」(■)로 상대를 이야기 속으로 끌어들이거나 「ウン, エ」(F)로 자기확인하면서 이야기를 진행시키고 있다는 것을 알았다.

<그림6> 담화표식과 그 기능으로부터 본 담화전개방법[6)]
- 센다이방언 -

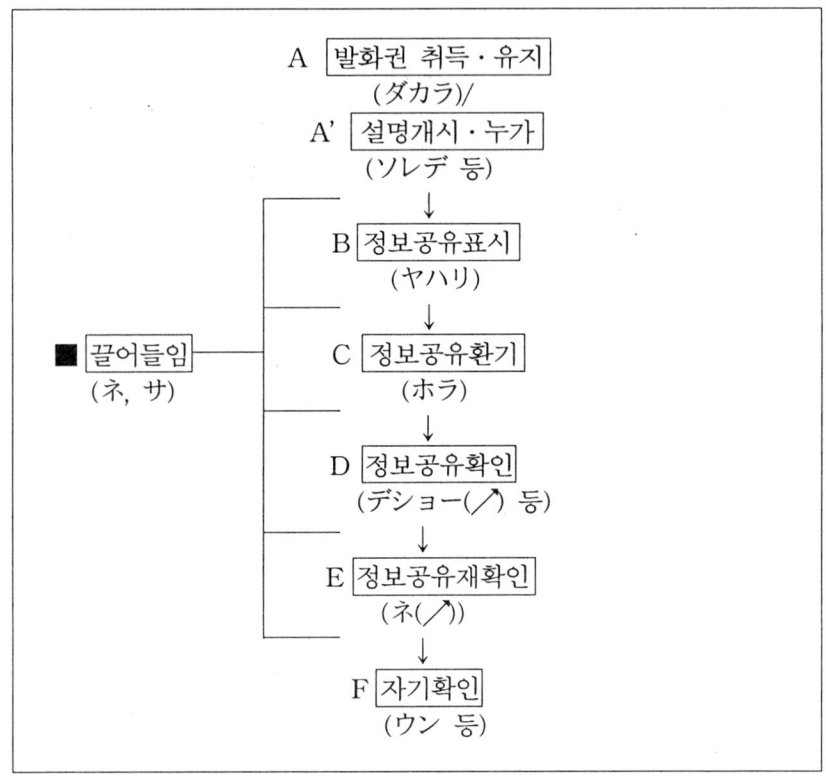

---

6) 이 그림에서 끌어들임 형식인 「ネ, サ」(■)는 도시했듯이 가로의 화살표의 위치에
   나타난다. 그러나 이 「ネ, サ」(■)가 「ダカラ」(A)나 「ソレデ」(A')앞에 나타나는 경
   우 발화권유지형식인 「ダカラ」(A)나 설명누가형식인 「ソレデ」(A')앞에 나타나는
   경우는 있지만, 발화권취득형식인 「ダカラ」(A)나 설명개시형식인 「ソレデ」(A')앞
   에 나타나는 경우는 없다. 그림에서는 그러한 점이 표시되어 있지 않으므로 주의가
   필요하다.

이와 같은 담화전개방법은 센다이방언의 여러 담화자료에 나타나므로 그것이 센다이방언의 특징적 담화전개 방법이라는 것을 알 수 있다.

다음의 4.2.2.2에서는 담화표식의 출현빈도를 모두 제시함으로서 센다이방언의 설명적 장면에서 담화표식이 어느 정도 사용되어 담화가 전개되는지를 검토한다.

4.2.2.2 담화표식의 출현빈도

센다이방언에서 대상으로 한 인포먼트 21명의 담화표식의 출현빈도를 정리하면 <표2>와 같이 된다. <표2>의 세로축에는 인포먼트의 성별(F, M)과 인포먼트 번호 외에 그 화자로부터 수집한 설명적장면의 총수(=「담화수」)를 괄호에 넣어 표기했다[7]. 가로축에는 센다이방언의 설명적 장면에서 사용되는 담화표식과 담화표식의 기호(A(A')~F 及び■), 그 기능을 표기했다. 대표형은 스페이스상 각 기능별로 주요한 것을 표시했다. 또한 각란의 수치는 이하의 방법에 의해 산출한 것이다. 단, <표2>에서는 담화수를 생략하고 담화표식의 총 출현회수=1 담화당의 평균출현수만을 나타냈다.

> ### 담화표식의 총출현회수 / 담화수
> ### = 한 담화당 평균출현수

---

7) 각 설명적 장면은 평균 1분 정도의 길이이지만, 그 중에는 30초 정도의 짧은 장면도 있는 반면, 5~6분 정도의 긴 장면도 있다. 당연히 담화의 길이가 짧을수록 담화표식의 출현빈도는 낮아지고 담화의 길이가 길수록 담화표식의 출현빈도는 높아진다. 본 연구에서는 이러한 문제점은 있지만 평균적으로 한 화자의 한 담화당 평균적 담화의 길이가 1분 전후(평균 44.88초)이므로 우선 이 방법을 취하기로 한다.

　예를 들면,　F1화자는 5담화중 1回「ダカラ」(A)로 발화권을 취득하고,　4회「ダカラ」(A)로 발화권을 유지하면서 이야기를 진행시키고 있다. 또한 5담화중 14회「ネ, サ」(■)로 상대를 이야기 속으로 끌어들이고 4회「ヤハリ」(B)로 정보의 공유를 전제로 하고 있다는 것을 명시, 5회「ホラ」(C)로 정보의 공유를 환기하면서 이야기를 진행시키고 있다. 또한 정보의 공유를 적극적으로 요구하여 확인하면서 이야기를 진행시키기 위해 14회「デショー(↗), ネ(↗), ヨネ(↗), ッチャ, ッチャネ(↗)」(D)를 사용하고 있다는 것을 알 수 있다. 또한, 화자는 5담화중 1회「ネ(↗)」(E)로 정보의 공유를 재확인하고, 12회「ウン, エ」(F)로 자기확인하면서 이야기를 진행시키고 있다.

　그럼 <표2>에 대해 자세히 살펴보자. 발화권유지형식인「ダカラ」(A)는 M14화자가 평균 2.39로 21명의 화자 중 가장 높고, M17화자가 평균 0.21로 가장 낮은 등, 폭은 있지만 전반적으로 다용되고 있다. 단, 같은「ダカラ」라고 하더라고 발화권취득 용법의 사용은 적다는 것을 알 수 있다.

　또한 설명개시・누가형식인「ソレデ」(A')는 발화권취득・유지형식인「ダカラ」(A)에 비해 사용이 매우 적다. 특히「ソレデ」(A')로 설명을 개시하는 용법은 총평균이 0.02로 다른 형식에 비해 가장 낮은 수치를 나타내고 있다.

　또한, 끌어들임형식인「ネ, サ」(■)는 전반적으로 다용되고 있고, 특히, M14화자는 1담화 당의 평균이 15.8로 매우 높다. 정보공유표시형식「ヤハリ」(B), 정보공유환기형식「ホラ」(C)는 그 총평균으로 볼 때 2담화당 1회의 비율로 나타나고 있다.

<표2> 담화표식의 출현빈도 - 센다이방언 -

담화표식과 기능 화자(담화수)	A ダカラ [발화권취득]	A ダカラ [발화권유지]	A' ソレデ [설명개시]	A' ソレデ [설명누가]	■ ネ、サ [끝어들임]	B ヤハリ [정보공유표시]	C ホラ [정보공유환기]	D デショー(ノ) [정보공유확인]	E ネ(ノ) [정보공유재확인]	F ウン [자기확인]	1담화당 담화표식의 평균 출현수
F1(5)	1=0.2	4=0.8	0=0	0=0	14=2.8	4=0.8	5=1	14=2.8	1=0.2	12=2.4	11
F2(20)	5=0.25	15=0.75	1=0.05	9=0.45	83=4.15	4=0.2	14=0.7	41=2.05	6=0.3	3=0.15	9.05
F3(19)	3=0.16	33=1.74	0=0	10=0.53	200=10.53	10=0.53	12=0.63	47=2.47	4=0.21	14=0.74	17.54
F4(28)	8=0.29	24=0.86	1=0.04	6=0.21	88=3.14	7=0.25	31=1.11	46=1.64	5=0.18	25=0.89	8.61
F5(11)	5=0.45	6=0.55	0=0	0=0	41=3.73	14=1.27	6=0.55	12=1.09	3=0.27	8=0.73	8.64
F6(12)	6=0.5	9=0.75	0=0	1=0.08	14=1.17	8=0.67	9=0.75	14=1.17	3=0.25	4=0.33	5.67
F7(12)	3=0.25	11=0.92	0=0	2=0.17	19=1.58	5=0.42	5=0.42	23=1.92	4=0.33	8=0.67	6.68
F8(16)	3=0.19	12=0.75	2=0.13	1=0.06	30=1.88	11=0.69	10=0.63	28=1.75	4=0.25	30=1.88	8.21
F9(30)	1=0.03	17=0.57	5=0.17	13=0.43	189=6.3	13=0.43	10=0.33	58=1.93	5=0.17	37=1.23	11.59
F10(15)	3=0.2	11=0.73	0=0	6=0.4	63=4.2	11=0.73	5=0.33	10=0.67	1=0.07	32=2.13	9.46
M11(21)	5=0.24	31=1.48	1=0.05	0=0	103=4.94	20=0.95	9=0.43	40=1.9	10=0.48	35=1.67	12.14
M12(15)	8=0.53	20=1.33	0=0	0=0.07	62=4.13	10=0.67	5=0.33	34=2.27	7=0.47	21=1.4	11.2
M13(34)	8=0.24	39=1.15	1=0.03	9=0.26	115=3.38	59=1.74	9=0.26	54=1.59	7=0.21	15=0.44	9.3
M14(18)	5=0.28	43=2.39	0=0	10=0.56	285=15.8	41=2.28	25=1.39	71=3.94	5=0.28	96=5.33	32.25
M15(25)	2=0.08	10=0.4	0=0	5=0.2	180=7.2	14=0.56	22=0.88	30=1.2	2=0.08	31=1.24	11.84
M16(31)	6=0.19	26=0.84	1=0.03	3=0.1	86=2.77	4=0.13	7=0.23	33=1.06	2=0.06	21=0.68	6.09
M17(14)	2=0.14	3=0.21	0=0	6=0.43	39=2.79	6=0.43	1=0.07	13=0.93	2=0.14	7=0.5	5.64
M18(34)	11=0.32	46=1.35	1=0.03	17=0.5	267=7.85	57=1.68	34=1	50=1.47	10=0.29	101=2.97	17.46
M19(8)	2=0.25	9=1.13	0=0	1=0.13	17=2.13	2=0.25	3=0.38	10=1.25	1=0.13	13=1.63	7.28
M20(25)	4=0.16	8=0.32	0=0	6=0.24	33=1.32	19=0.76	8=0.32	41=1.64	3=0.12	21=0.84	5.72
M21(17)	3=0.18	14=0.82	1=0.06	2=0.12	51=3	7=0.41	2=0.12	34=2	3=0.18	33=1.94	8.83
총평균(410)	0.24	0.94	0.03	0.24	4.51	0.75	0.56	1.75	0.22	1.42	10.66
	1.18		0.27								

정보공유확인형식「デショー(↗), ネ(↗), ヨネ(↗), ッチャ, ッチャ ネ(↗)」(D)는 F10화자의 평균이 0.67로 다른 화자에 비해 매우 낮은 수치를 나타내고 있지만 대체로 1담화당 2회가 되지 않는 비율로 나타 나고 있다. 정보의 공유를 재확인하는 형식인「ネ(↗)」(E)는 다른 형 식에 비해 사용빈도가 적어 5담화에 1회의 비율로 출현하고 있다.

자기확인형식인「ウン, エ」(F)는 F2, F6화자의 평균이 0.15, 0.33으 로 낮지만, 전체적으로 평균 1이상의 수치를 나타내고 있어 1담화당 1회 반의 비율로 출현하고 있다는 것을 알 수 있다.

이와 같이 <표2>로부터 화자에 따라 담화표식의 출현빈도는 조금씩 다르지만, 대략 비슷한 경향이 나타나는 것을 알 수 있다. 이상 21명의 화자가 한 담화에서 사용하는 담화표식의 평균적 출현빈도를 나타낸 것이 <표2>의 총평균이다. 그 평균으로부터 센다이방언화자는 특히 끌어들임형식인「ネ, サ」(■), 정보공유확인형식인「デショー(↗), ネ (↗), ヨネ(↗), ッチャ, ッチャネ(↗)」(D)나 자기확인형식인「ウン, エ」 (F), 발화권유지형식인「ダカラ」(A)를 다용하여 이야기를 진행시키는 것을 알 수 있다. 그에 비하면 발화권취득형식인「ダカラ」(A), 설명개 시·누가형식인「ソレデ」(A')나 정보공유재확인형식인「ネ(↗)」(E)의 사용은 매우 적다.

그러나 이들 수치는 이것만으로는 충분한 의미를 가지지 않으므로 제5장에서 다른 방언의 결과와 비교함으로서 센다이방언의 특징을 밝 히기로 한다.

다음 4.2.2.3절에서는 담화표식의 조합패턴을 모두 제시함으로서 센 다이방언의 설명적 장면에서 이들 담화표식이 구체적으로 어떻게 조합 되어 담화가 전개되는지를 검토한다.

4.2.2.3 담화표식의 조합패턴

4.2.2.1절의 담화전개의 사례분석에서도 언급했듯이 담화자료1∼4로부터 담화표식만을 꺼내어 담화표식의 조합패턴과 담화전개를 기호로 나타낸 것이 <그림2>∼<그림5>이다.

<그림7>은 이것과 같은 방법으로 필자가 지금까지 수집한 담화자료로부터 추출된 담화표식의 조합패턴을 보두 정리하여 그 수와 함께 제시한 것이다.

단, <그림2>∼<그림5>에서 ■로 표시되어 있는 끌어들임형식인「ネ, サ」는 출현위치가 자유롭고 수가 많기 때문에 <그림7>에서는 생략했다. 따라서 예를 들면 <그림7>에서 A, AB로 표시되어 있는 패턴은 A(ダカラ)와 A(ダカラ)B(ヤハリ)의 외에, A의 경우는 A■, A■■, A■■■, AB의 경우는 A■B, A■B■, A■■B, AB■■등,「ネ, サ」(■)와 조합되어 출현하는 경우를 포함한다. 또한, AABDF→ABDF, ACCDF→ACDF와 같이 연속해서 나타난 담화표식은 1개만을 표기했다.

<그림7>로부터 담화표식은 밑줄 친 부분과 같이 예외도 있지만, 대부분은 A(A')∼F의 순으로 나타나는 것을 알 수 있다. 예외는 주로 ACBD, CBD와 같이「ヤハリ」(B)와「ホラ」(C)가 역전되어 나타내는 경우가 많다. 즉,「ホラ」(C)의 위치가 자유로운데, 이것은「ヤハリ」(B),「ホラ」(C)가 담화 속에서 담화표식으로서 기능하기 이전에 문법레벨에서의 원래의 품사가 부사, 감동사이기 때문이다. 즉, 부사인「ヤハリ」보다 감동사인「ホラ」의 출현위치가 자유로운 것은 당연한 것이다. 그러나, <그림7>에서「ヤハリ」(B),「ホラ」(C)와 같은 조합패턴이 많으므로, <그림6>에서는「ヤハリ」(B)→「ホラ」(C)의 순서로 제시했다.

<그림7> 담화표식의 조합패턴과 출현수 - 센다이방언 -

조합패턴	수	조합패턴	수	조합패턴	수
A	180	A'A	1	D	222
AB	19	B	45	DE	35
ABAA'F	1	BABD	1	DEF	9
ABC	2	BAF	1	DF	81
ABCDF	1	BC	2	F	173
ABD	12	BCD	6	A'	49
ABDE	2	BCDE	1	A'B	4
ABDEF	2	BCE	1	A'BCD	1
ABDF	11	BCF	1	A'BD	4
ABF	12	BD	48	A'BDF	1
AC	15	BDE	6	A'BF	2
ACB	1	BDEF	1	A'C	10
ACBD	2	BDF	29	A'CBD	1
ACBDE	1	BF	37	A'CD	2
ACD	9	C	46	A'CDEF	1
ACDF	4	CBC	1	A'CDF	1
ACF	11	CBDEF	1	A'CF	1
ACDE	3	CBD	4	A'D	27
ACDF	1	CBF	1	A'DE	2
AD	79	CD	37	A'DF	5
ADE	17	CDE	5	A'F	14
ADEF	2	CDEF	2	■만 출현	300
ADF	25	CDF	6	무표식	158
AF	61	CF	19	합계 71패턴	1876

또한, 담화표식은 단독으로 나타나거나 두가지가 조합되어 나타나는 패턴이 가장 많고 세가지 이상 조합되어 나타나는 패턴도 비교적 많다. 그러나 네가지 이상 나타나는 패턴은 매우 적다.

다음으로 각 담화표식이 단독으로 출현하는지 다른 것과 조합되어 나타나는지를 정리해 보면 <표3>과 같이 된다.

<표3> 담화표식의 출현양상 - 센다이방언 -

출현양상 담화표식	단독으로 출현	다른 형식과 조합되어 출현	전체
A(ダカラ)	180(38%)	294(62%)	474(100%)
A'(ソレデ)	49(39%)	78(61%)	127(100%)
B(ヤハリ)	45(17%)	220(83%)	265(100%)
C(ホラ)	46(23%)	158(77%)	204(100%)
D(デショー(↗))	222(31%)	488(69%)	710(100%)
E(ネ(↗))	0(0%)	90(100%)	90(100%)
F(ウン)	173(33%)	344(67%)	517(100%)

<표3>을 보면, 모든 담화표식에서 다른 것과 조합되어 나타나는 경우가 많다는 것을 알 수 있다. 즉, 화자는 많은 담화표식을 조합해 사용함으로서 이야기를 진행시키고 있는 것이다. 그 중에서도 특히 「ヤハリ」(B), 「ホラ」(C) 두 가지는 그 경향이 강하다. 또한, 「ネ(↗)」(E)는 단독으로 출현하지 않는데 이것은 「ネ(↗)」(E)가 정보공유의 재확인 형식이기때문에 항상 「デショー(↗), ネ(↗), ヨネ(↗), ッチャ, ッチャ

ネ(↗)」(D)와 조합되어 사용되기 때문이다.

그럼 각 담화표식의 조합패턴에서 어떠한 패턴이 많이 나타나는가? <표4>는 다음 방법으로 각 조합패턴의 출현수를 계산하여 1위에서 5위까지 제시한 것이다.

각 조합패턴 / 모든 조합패턴×100
=각 조합패턴의 비율

<표4> 담화표식의 조합패턴(상위 5위까지) – 센다이방언 –

	각 조합패턴과 그 비율
1	D「デショー(↗)」+F「ウン」(176/1876=9.38%)
2	A「ダカラ」+D「デショー(↗)」(172/1876=9.17%)
3	B「ヤハリ」+D「デショー(↗)」(135/1876=7.20%)
4	D「デショー(↗)」+E「ネ(↗)」(90/1876=4.80)
5	C「ホラ」+D「デショー(↗)」(89/1876=4.74%)

<표4>로부터 센다이방언에서는 D+F, 즉「정보공유확인」(デショー(↗))+「자기확인」(ウン), A+D, 즉「발화권취득・유지」(ダカラ)+「정보공유확인」(デショー(↗))과 같은 조합패턴이 자주 사용되고 있다는 것을 알 수 있다. 또한 B+D, C+D와 같은「정보공유표시」(ヤハリ)나「정보공유환기」(ホラ)를 행한 후에「정보공유확인」(デショー(↗))을 행 하는 패턴도 눈에 띈다. 또한 센다이방언에서는 D+E, 즉,「정보공유확인」(デショー(↗))+「정보공유재확인」(ネ(↗))과 같은 패턴도 많

이 출현하고 있다는 것이 밝혀졌다.

4.3 본장의 결론

이상 담화표식의 출현경향으로부터 센다이방언의 담화전개방법을 고찰했다. 그 결과로부터 센다이방언의 특징을 정리하면, 센다이방언은 「ダカラ」로 자신이 발화권을 가지고 있다는 것을 어필하고 「デショー(↗)」등으로 정보의 공유를 강하게 요구・확인함으로서 적극적으로 이야기를 납득시켜가는 담화전개방법을 취한다고 말할 수 있다. 또한, 「ネ」로 상대를 이야기 속으로 끌어들이고, 「ウン, エ」로 자기확인하면서 이야기를 진행시키는 것도 특징적이다. 이러한 담화전개패턴은 필자가 수집한 모든 담화자료에서 나타나므로 그것이 센다이방언의 특징적 담화전개방법이라는 것을 알 수 있다.

그러나 이 특징은 센다이방언의 분석만으로 충분한 의미를 갖지 못하므로 제5장에서 다른 방언과의 비교를 통하여, 그 속에서 센다이 방언의 특징을 밝히기로 한다.

─────── **제5장** ───────
담화전개방법의 지리적변이

5.1 본장의 목적

본 장에서는 일본의 대표적 방언인 도쿄방언(5.2절)과 오사카방언(5.3절)을 예로 고년층 화자가 설명적 장면에서 어떠한 담화표식을 어떻게 사용하여 이야기를 전개시켜 나가는지를 담화표식의 출현경향을 나타냄으로서 밝히기로 한다. 또한 이 도쿄방언, 오사카방언의 결과에 제4장에서 다룬 센다이방언을 첨가하여 세 방언을 비교함으로서 담화전개방법의 지역차를 밝히기로 한다(5.4절).

5.2 도쿄방언의 담화전개방법

본 절에서는 도쿄방언의 담화전개방법을 고찰하기 위해 우선 도쿄방언의 설명적 장면에서 사용되는 담화표식의 기능을 검토한다. 다음으로 이들 담화표식의 출현경향을 구체적 사례와 함께 제시함으로서 도쿄방언의 담화전개패턴의 전체상을 밝히기로 한다.

5.2.1 담화표식과 그 기능

도쿄방언의 고년층 화자는 설명적 장면에서 「ダカラ」「ソレデ」「ソシテ」「ソースルト」「ソレカラ」「ソーシタラ」(접속사), 「ヤハリ」(부사), 「ホラ」「ネ」「ウン」「エ」(감동사), 「ネ」「サ」(간투조사), 「ネ」「ヨネ」「ワネ」「デショー」「ジャナイ」(종조사・조동사)와 같은 담화표식을 사용하여 이야기를 전개시켜나가는 경향이 있다. 이러한 형식의 품사는 접속사, 부사, 감동사, 간투조사, 종조사, 조동사 등 여러 가지이지만 어떤 형식도 담화 속에서 효과적인 정보전달에 중요한 역할을 하고 있다.

따라서 본 논문에서는 도쿄방언의 고년층 담화자료를 검토하여 이들 담화표식이 담화 속에서 어떻게 기능하는지 그 한 가지 한 가지 형식의 기능에 대해 검토했다. 검토 결과 도쿄방언의 설명적 장면에서 사용되는 담화표식의 종류는 센다이방언과 구체적 형식이나 출현경향은 다르지만, 기능면에서는 센다이방언과 같은 것이 사용되고 있다는 것을 알았다. 도쿄방언의 설명적 장면에서 사용되는 담화표식과 그 기능에 대해 검토한 결과를 나타낸 것이 <표1>이다.

표에는 담화표식의 기호(A(A')~F, ■), 대표형과 구체적 형식, 기능이 제시되어 있다. 또한, 「ネ」는 감동사, 간투조사, 종조사 세 품사에 걸쳐 있으므로, 대표형 란에 약어로 그 구별을 표시하였다. 인토네이션은 그 형식이 반드시 상승조를 동반하는 경우만 화살표(↗)를 표시하였다. 상승 인토네이션은 상승조의 인토네이션과 상승조, 하강조의 인

토네이션이가 같이 나타나는 경우가 있지만, 본 연구에서는 구별 없이
상승조의 인토네이션만으로 표시하였다.

<표1> 설명적장면에서 사용되는 담화표식과 그 기능
- 도쿄방언 -

기호	대표형	구체적 형식	기능
A	ダカラ	ダカラ, ダカラー, ダカ, ダーラ, ダラ, ダー, デスカラ	**발화권취득** 담화의 모두에 사용되어 상대로부터 발화권을 받는다. **발화권유지** 담화의 도중에 사용되어 계속해서 이야기를 진행시키려는 화자의 의지를 상대에게 나타냄으로서 발화권을 유지한다.
A'	ソレデ / ソシテ / ソースルト / ソレカラ / ソーシタラ	ソレデ, ソイデ, ソエデ, ソデ, デ / ソシテ / ソースルト, ソースット, スト / ソレカラ / ソシタラ, シタラ	**설명개시** 담화의 모두에 사용되어 설명을 개시한다. **설명누가** 담화의 도중에 사용되어 설명을 첨가한다.
■	ネ(間·終) / サ	ネ, ネー / サ, サー	**끌어들임** 그때까지의 이야기를 상대가 이해하고 있는지를 확인하고 계속해서 상대를 이야기 속에 끌어들임으로서 이야기를 전개한다.
B	ヤハリ	ヤハリ, ヤッパリ, ヤッパシ, ヤッパ	**정보공유표시** 정보의 공유를 전제로 이야기를 진행시키고 있다는 것을 상대에게 나타낸다.
C	ホラ	ホラ, ホレ	**정보공유환기** 화자와 이야기 상대가 이전부터 공유하고 있었던 정보나 앞으로 공유 가능하다고 판단되는 정보의 공유를 상대에게 환기시킨다.

D	デショー(↗) / ヨネ(↗) / ワネ(↗) / ネ(↗)(終・感) / ジャナイ	デショ(↗), デショー(↗) / ヨネ(↗), ヨネー(↗) / ワネ(↗) / ワネー(↗) / ネ(↗), ネー(↗) / ジャナ イ, ジャン, ジャナイデス カ	**정보공유확인** 상대에게 정보의 공유를 적극 적으로 요구하여 그에 대해 확 인한다.
E	ネ(↗)(感)	ネ(↗), ネー(↗)	**정보공유재확인** 정보의 공유를 다시 한번 확인 한다.
F	ウン / エ	ウン, ウーン / エ, エー	**자기확인** 그때까지의 이야기를 스스로 정리하여 자기 확인하고, 그렇 게 함으로서 상대도 납득시켜 가며 이야기를 전개한다.

이하 5.2.2절에서는 담화표식의 출현경향, 즉, 담화표식의 출현빈도
와 조합패턴을 구체적 사례와 함께 제시함으로서 도쿄방언의 담화전개
방법에 대해 고찰한다. 우선, 담화의 구체적 사례를 관찰하고 담화표식
의 출현빈도, 조합패턴을 검토하기로 한다.

5.2.2 담화표식의 출현경향

5.2.2.1 담화전개의 사례분석

도쿄방언에서의 담화전개방법을 밝히기 위해 여기에서는 조사해서
얻어진 담화자료 중에서 고년층화자의 담화전개의 특징을 전형적으로
나타내고 있다고 생각되는 다음 세 장면을 고찰한다. <표1>에서 제시
한 담화표식을 사용하여 담화를 전개하고 있는 구체적 사례가 담화자
료1, 2, 3이다.

담화자료1 여행에 대한 이야기
(쇼와 7년생, 여성, 당시 71세, 주부)

1	① ダカラ ジモトデ トーキョータワー イッ イッテ イッカイモ イッテ ナイトカネ ② ナゴヤノ ヒトワ トーキョータワー イッテミタリネ ウン アルミタイデスヨ
2	③ ダカ チホーノ チホーッテ イット オコラレチャウカモシレナイケド ④ トーキョー イガイノネ ヒトノ ホーガ カエッテ モー トーキョータワー トーキョータワー デズニーランド デズニーランドネ
3	⑤ ソエデ コンドワネ リンカイセンダト ワカラナイワネ(↗) モー
4	⑥ ソーユー カノーセーガ オーインジャナイカシラ
5	⑦ アンマリ ムトンチャクデモ ナイケド イツデモ イカレル ツーカンカクガ アルセーカ イカナインデショーネ(↗)
6	⑧ ダカ チホーノ ドーシテモ ツンデ モクテキニ クルデショー(↗)
7	⑨ ダー ソーユー カノーセーガ オーイミタイネー(↗) ウン

<공통어역>

① だから, 地元で東京タワー1回も行ってないとかね。   ② 名古屋の人は東京タワー行ってみたりね, うん, あるみたいですよ。   ③ だから, 地方の, 地方というと怒られてしまうかも知れないけど。   ④ 東京以外のね, 人の方がかえってもう東京タワー, 東京タワー,

> ディズニーランド, ディズニーランドね。
> ⑤ それで, 今度はね, 臨海線だと分からないわね(↗), もう。
> ⑥ そういう可能性が多いんじゃないかしら。
> ⑦ あんまり無頓着でもないけど, いつでも行かれるという感覚がある
>   せいか, 行かないんでしょうね(↗)。
> ⑧ だから, 地方の人はどうしてもという目的に来るでしょう(↗)。
> ⑨ だから, そういう可能性が多いみたいねえ(↗), うん。

　담화자료1에서 화자는 다양한 담화표식을 사용하여 이야기를 전행시키고 있다. 우선 1에서 화자는 「ダカラ」로 상대의 정보요구에 대해 발화권을 받아 「地元(の人)で東京タワーに1回も行っていないとか, 名古屋の人は東京タワーに行ってみたりとかということがあるみたいだ(도쿄 사람은 도쿄타워에 한 번도 가지 않는 반면, 나고야와 같은 다른 지역사람들은 오히려 자주 간다)」라는 이야기를 시작하고 있다. 또한, 「ネ」(2회)로 상대를 이야기 속으로 끌어들이고 「ウン」으로 자기확인하면서 이야기를 진행시키고 있다. 2에서는 「ダカ(=ダカラ)」로 계속해서 이야기를 진행시키려는 의지를 나타냄으로서 발화권을 유지하여 「地方というと怒られてしまうかも知れないけど, 東京以外の人の方がかえって東京タワーやディズニーランド(に行くことが多い)(지방이라고 하면 화낼지 모르지만 도쿄 이외의 사람의 오히려 도쿄타워나 디즈니랜드에 가는 경우가 많다)」라는 설명을 첨가하고 있다. 또한 「ネ」(2회)로 상대를 이야기 속으로 끌어들이면서 이야기를 진행시키고 있다. 3에서는 「ソエデ(=ソレデ)」로 「今度は臨海線だと分からない(이번에 린카이센이 생겼으므로 도쿄사람들도 자주 갈지 모른다)」라는 설명을 첨가하고 「ネ」로 상대를 이야기 속으로 끌어들이며 「ワネ(↗)」로 그 정보공유를 확인하면서 이야기를 진행시키고 있다. 5에서는 「ネ(↗)」로 「あまり無頓着でもないけど, いつでも行かれるという感覚があるから(東京タワーやディズニーランドに)行かないのだろう(별로 무관심한 것은 아닌데 언제든지 갈 수 있다고 생각해서 그런지 도쿄사람들은 도쿄타워나 디즈니랜드에 가지 않는다)」라는 정보의 공유를 확인하면서 이야기를 진행시키고 있다. 6에서는 「ダカ(=ダカラ)」로 발화권을 유지하여 「地方の人はどうしてもというので(東京タワーやディズニーランドを)目的に(遊びに)来る(지방 사람들은 좀처럼 갈 수 있는 기회가 많지 않기 때문에 도쿄타워나 디즈니랜드에 놀러 오는 것이다)」라는 설명을 첨가, 「デショー(↗)」로 그 정보의 공유를 확인하며 이야기를 진행시키고 있다. 7에서도 화자는 「ダー(=ダカラ)」로 발화권을 유지하여 「そういう可能性が多いみたいだ(그럴 가능성이 많다)」라는 설명을 첨가하고, 「ネー(↗)」로 그 정보의 공유를 확인함과 동시에 「ウン」으로 자기확인해가면서 이야기를 진행시키고 있다.

담화자료1에서 담화표식만을 빼내어 담화표식의 조합패턴을 나타낸 것이 <그림1>이다. 담화표식의 조합패턴에 대해서는 5.2.2.3절에서 자세히 다루기로 한다.

<그림1>로부터 알 수 있듯이 담화자료1에서 특징적인 것은 「ダカラ」(A)로 발화권을 취득·유지하고 「ネ」(■)로 상대를 이야기 속으로 끌어들이며 「ワネ(↗), ネ(↗), デショー(↗)」(D)로 정보의 공유를 확인하면서 이야기를 진행시키고 있다는 것이다. 또한, 설명누가형식인 「ソレデ」(A')나 자기확인형식인 「ウン」(F)의 사용도 특징적이다. 이와 같은 경향은 다음의 담화자료2에서도 나타난다.

<그림1> 담화표식의 조합패턴

```
1 A■■
2 A■■
3 A'DF
4
5 D
6 AD
7 ADF
```

담화자료2 방언에 대한 이야기

(쇼와 5년생, 여성, 당시 73세, 주부)

1	① ソレワ 匨 ホラ コッチラワ トーキョーシカ スンデナイカラ
2	② ワタシ クマモト イキマシタ デショー (↗)
3	③ ソノ トキニ ヤッパリ匨 ミンナガ マネスル コトバワ アノ イマ ユーヨーニ「シチャッタトカネ」ウン ④「ナニ ナニ シチャッタノヨ」トカッテ ユーノワ スゴク匨 アノ マネサレマシタ匨 アノ カエッテ クマモトノ ヒトニ ウン
4	⑤ ソレワ ダカラ トーキョーニ クッツク コトバナンダ ヨネ (↗)
5	⑥ ダカラ カワイートカ ニクラシートカッテ ユーノワ ホーゲンッ テ ユーノワ ナインダケド クッツク コトバガ ケッコー トー キョーニ アルンデスヨ ウン
6	⑦ ダカ トーキョーニダケ イルト ワカラナイ デショー (↗)
7	⑧ ダカラ匨 ヘンナ フーニ匨 マネサレテ匨 ウン
8	⑨ ヤハリ ソンナ コト ユッタカナ オモーヨーニ匨 アノ マネサレ マシタヨ

| 9 | ⑩ イマワ チョット イエナイケド |

<공통어역>

① それはね, ほら, こちら(一緒に調査に参加した他の東京方言話者)はみんな東京しか住んでないから。

② 私, 熊本行きましたでしょう(↗)。

③ その時にやっぱりね, 皆が真似する言葉はあの, 今言うように「しちゃって」とかね, うん。

④ 「何々しちゃったのよ」とかというのはすごくね, あの, 真似されましたね, あの, かえって熊本の人に, うん。

⑤ それは(何々「シチャッタ」の「チャッタ」など), だから, 東京にくっ付く言葉なんだよね(↗)。

⑥ だから, 可愛いとか憎らしいとかというのには方言というのはないんだけど, くっ付く言葉が結構東京にあるんですよ, うん。

⑦ だから, 東京にだけいると分からないでしょう(↗)。

⑧ だからね, 変なふうに真似されてね, うん。

⑨ やはり, そんなこと言ったかなと思うようにね, あの真似されましたよ。

⑩ 今ちょっと言えないけど。

　담화자료2에서도 화자는 정보내용을 상대에게 전달하기 위해 여러 가지 담화표식을 사용하여 이야기를 전개시키고 있다. 우선, 1에서 화자는 「ネ」로 상대를 이야기 속으로 끌어들여가면서 이야기를 진행시키고 있다. 또한, 「ホラ」로 「こちらの方は東京しか住んだことがない(여기에 계신 분들은 도쿄에서 밖에 산 적이 없다)」라는 정보를 상대에게 환기시키고 있다.

또한, 2에서 화자는 「デショー(↗)」로 「私は熊本で暮したことがある(나는 구마모토에서 산 적이 있다)」라는 정보의 공유를 확인하고 있다. 3에서 화자는 「やっぱり」로 정보의 공유를 전제로 이야기를 전개시키고 있다는 것을 상대에게 나타내고, 「ネ」로 상대를 이야기 속으로 끌어들이면서, 「ウン」으로 「その時(熊本に住んでいた時)に皆(熊本の人が)がまねすることばは『何々しちゃったのよ』のようなことばだった(구마모토에 살았을 때 구마모토 사람이 『何々しちゃったのよ(무엇무엇 해 버렸다)』라는 나의 말을 흉내 냈었다)」라는 정보에 대해 자기 확인해가면서 이야기를 진행시키고 있다. 4에서는 「ダカラ」로 계속해서 이야기를 진행시키려는 화자의 의지를 상대에게 나타냄으로서 발화권을 유지하여 「それは東京にくっつくことばなのだ(그것은 도쿄 사람들이 문말에 붙이는 표현이다)」라는 설명을 첨가하고 있다. 5에서도 화자는 「ダカラ」로 계속해서 이야기를 진행시키려는 의지를 상대에게 나타냄으로서 발화권을 유지하여, 「可愛いとか憎らしいとかというのは東京方言にないけど, くっ付くことばは結構東京にある(귀엽다, 밉다라는 뜻 등의 도쿄방언은 존재하지 않지만, 접속되는 말은 도쿄방언에도 존재한다)」라는 설명을 첨가하고 「ウン」으로 자기 확인하면서 이야기를 진행시키고 있다. 또한, 6에서도 화자는 「ダカラ」로 발화권을 유지하여 「東京にだけいると分からないのだ(동경에만 살고 있으면 그러한 것들이 방언이라는 것에 대해 잘 인식하지 못하게 된다)」라는 설명을 첨가하고 「デショー(↗)」로 정보의 공유를 확인하면서 이야기를 진행시키고 있다. 7에서도 화자는 「ダカラ」로 발화권을 유지하여 「変なふうにまねされたのだ(구마모토 사람들이 이상하게 내 말투를 자주 흉내 냈다)」라는 설명을 첨가하고, 「ネ」로 상대를 이야기 속으로 끌어들이면서 이야기를 진행시키고 있다. 또한, 「デショー(↗)」로 정보의 공유를 확인하면서 이야기를 진행시키고 있다. 8에서도 화자는 「ダカラ」로 발화권을 유지하여 「私がそんなふうに言った(「何々しっちゃったのよ」)のかと思うくらいまねされたのだ(내가 정말 그런 식으로 말했는지 생각하게 할 정도로 구마모토 사람들이 나의 말을 흉내 냈다)」라는 설명을 첨가하고 있다. 또한, 「ネ」로 상대를 이야기 속으로 끌어들이면서 이야기를 진행시키고 있다.

담화자료2에서 담화표식만을 추출하여 담화표식의 조합패턴을 나타낸 것이 <그림2>이다.

<그림2> 담화표식의 조합패턴

```
1 ■C
2 D
3 B■■F■■F
4 AD
5 AD
6 AD
7 A■■F
8 B■
9
```

<그림2>로부터도 알 수 있듯이 담화자료2에서 특징적인 것은 「ダカラ」(A)로 발화권을 취득·유지하고, 「ヤハリ」(B)로 정보의 공유를

전제로 하고 있다는 것을 상대에게 나타내며, 「ホラ」(C)로 정보의 공유를 환기, 「デショー(↗), ヨネ(↗)」(D)로 정보의 공유를 확인하면서 이야기를 전개시키고 있다는 것이다. 또한, 「ネ」(■)로 상대를 이야기 속에 끌어들이고 「ウン」(F)으로 자기확인하면서 이야기를 진행시키고 있다는 것도 특징적이다.

　　이러한 경향은 다음의 담화자료3에서도 나타난다.

담화자료3 범죄가 많아진 이유에 대한 이야기
(쇼와 8년생, 여성, 당시 71세, 주부)

1	① ダカラ イマ ダイタイ トモバタラキデ モー ゼロサイカラ ホイクエンダ ナンダ アズケチャー デショー (↗)
2	② ダ スキンシップモ ナイシ アノー ガッコー イッテ カエッテ キタッテ オヤワ イナイ カギッコ デショー (↗)
3	③ ヤッパリ ソーユー ナンカ アイジョーモ ナイ ヒトノ イタミ モ ワカラナイ コドモニ ソダッテッチャウモン ネ (↗)
4	④ ダカラ ナンカトユート スグ カット ナッチャウン デショー (↗)
5	⑤ アレ タンパクシツモ タリナイン ジャナイデスカ ネ (↗)(笑) ウン
6	⑥ エーヨーメンカラモ クルンデス ヨネ (↗) ⑦ アノ カット クルノワ ウン

<공통어역>

① だから，今，大体，共働きでもう0歳から保育園だなんだ預けてしまうでしょう(↗)。

② だから，スキンシップもないし，あのう，学校行って帰ってきたって親はいない鍵っ子でしょう(↗)。

③ やっぱり，そういう，なんか，愛情もない，人の痛みも分からない子供に育ってしまうもんね(↗)。

④ だから，なんかというと，すぐカッとなってしまうんでしょう(↗)。

⑤ あれ，たんぱく質も足りないんじゃないですか，ね(↗)(笑)，うん。

⑥ 栄養面からも来るんですよね(↗)。

⑦ あの，カッと来るのは，うん。

담화자료3에서도 화자는 여러 가지 담화표식을 사용하여 이야기를 진행시키고 있다. 우선 1에서 화자는「ダカラ」로 상대의 정보요구에 대해 발화권을 받아「今(の夫婦は)，大体，共働きでもう0歳から(子供を)保育園などに預けてしまう(현대의 부부는 대체로 맞벌이를 하므로 0살부터 아이를 어린이집 등에 맡겨 버린다)」라는 이야기를 시작하고 있다. 또한「デショー(↗)」로 그 정보의 공유를 확인하면서 이야기를 진행시키고 있다. 2에서는「ダ(=ダカラ)」로 계속해서 이야기를 진행시키려는 화자의 의지를 나타냄으로서 발화권을 유지하여「(最近の子供は)スキンシップもないし，学校から帰ってきても親はいない鍵っ子だ(최근 아이들은 스킨쉽도 별로 하지 않고 학교에서 돌아와도 부모가 없는 아이가 많다)」라는 설명을 첨가하고「デショー(↗)」로 그 정보의 공유를 확인하며 이야기를 진행시키고 있다. 3에서는「ヤッパリ(=ヤハ

リ)」로「そういう子は愛情もない, 人の痛みも分からない子供に育って
しまう(그런 아이들은 애정도 없고 다른 사람의 아픔도 모르는 아이로
자라 버린다)」라는 정보의 공유를 전제로 이야기를 전개시키고 있다는
것을 상대에게 나타내고,「ネ(↗)」로 그 정보의 공유를 확인하며 이야
기를 전개시키고 있다. 4에서 화자는「ダカラ」로 발화권을 유지하여
「(子供が愛情もない, 人の痛みも分からない人に育ってしまうから)何
かあるとすぐカッとなってしまう(아이가 애정도 없고 다른 사람의 아
픔도 모르는 아이로 성장해 버리기 때문에 뭔가 있으면 버럭 화를 내
버린다)」라는 설명을 첨가하고「デショー(↗)」로 정보의 공유를 확인
하며 이야기를 진행시키고 있다. 5에서도 화자는「ジャナイデスカ」로
「子供がカッとなるのはたんぱく質が足りないのも原因である(아이들
이 화를 내는 것은 단백질이 부족한 것에도 원인이 있다)」라는 정보의
공유를 확인,「ネ(↗)」로 정보의 공유를 재확인하고「ウン」으로 그때가
지의 이야기를 스스로 정리하여 자기확인하면서 이야기를 진행시키고
있다. 6에서도 화자는「ヨネ(↗)」로「カッとなるのは、栄養面からも
来るのだ(화를 내는 원인은 영양면으로부터도 온다)」라는 정보의 공유
를 확인하고「ウン」으로 자기확인하면서 이야기를 진행시키고 있다.

　담화자료3에서도 화자는「ダカラ」(A),「ヤハリ」(B),「デショー(↗),
ネ(↗), ジャナイデスカ, ヨネ(↗)」(D),「ネ(↗)」(E) 등 여러 가지 담화
표식을 사용하면서 이야기를 진행시키고 있다는 것을 알 수 있다.

　담화자료3에서 담화표식만을 꺼내어 담화표식의 조합패턴을 나타낸
것이 <그림3>이다.

<그림3> 담화표식의 조합패턴

```
1 AD
2 AD
3 BD
4 AD
5 DEF
6 DF
```

<그림3>으로부터도 알 수 있듯이 담화자료3에서 특징적인 것은 「ダカラ」(A)로 발화권을 취득·유지하고, 「デショー(↗), 추(↗), ジャナイデスカ, ヨ추(↗)」(D)로 정보의 공유를 확인하면서, 「추(↗)」(E)로 정보의 공유를 재확인하면서 이야기를 진행시키고 있다는 것이다. 또한, 「ヤハリ」(B)로 정보의 공유를 전제로 하고 있다는 것을 상대에게 나타내고 「ウン」(F)으로 자기확인하면서 이야기를 전개시키고 있다는 것도 특징적이다.

이상의 세 담화자료를 포함하여 필자가 지금까지 수집한 담화자료로부터 설명적 장면에서 사용되는 담화표식의 종류와 그 기능으로부터 본 도쿄방언의 담화전개방법을 정리하면 다음과 같다.

도쿄방언화자는 상대의 정보요구에 대해 「ダカラ」(A)로 발화권취득이나 유지를 표명, 혹은 「ソレデ」(A')로 설명을 개시·누가하고, 「추, サ」(■)로 상대를 이야기 속으로 끌어들이면서 이야기를 전개시키고 있다. 또한 「ヤハリ」(B)로 정보의 공유를 전제로 이야기를 하고 있다는 것을 명시, 「ホラ」(C)로 정보의 공유를 상대에게 환기, 「デショー(↗), 추(↗), ヨ추(↗), ワ추(↗), ジャナイ」(D)로 정보의 공유를 확인하고,

「ネ(↗)」(E)로 정보의 공유를 재확인하면서, 「ウン, エ」로 그때까지의 이야기를 자기확인하고 동시에 상대도 납득시켜가면서 이야기를 진행시키고 있다는 것이 밝혀졌다. 이와 같은 담화표식의 출현경향은 필자가 수집한 도쿄방언의 담화자료 전체에서 나타난다.

다음의 5.2.2.2절, 5.2.2.3절에서는 이들 담화표식의 출현빈도와 조합패턴을 모두 제시함으로서 양적 측면에서 도쿄방언의 담화전개방법을 밝히기로 한다.

5.2.2.2 담화표식의 출현빈도

<표2>는 도쿄방언에서 대상으로 한 인포먼트 11명의 담화표식의 출현빈도를 나타낸 것이다. <표>의 가로축에는 인포먼트의 성별(F, M)과 인포먼트 번호 외에 그 화자로부터 수집한 담화의 총수를 기입했다. 세로축에는 담화표식과 담화표식의 기호(A(A')~F, ■), 그 기능이 나타나 있다. 또한, 각 란의 수치는 다음 방법에 의해 산출한 것이다. 단, <표2>에서는 담화수를 생략하고 담화표식의 총출현회수=한 담화당 평균 출현수만을 기록했다.

> **담화표식의 총출현회수 / 담화수**
> **= 한 담화당 평균출현수**

<표2>로부터 발화권유지형식인 「ダカラ」(A)는 F5화자가 평균 2.44로 11명의 화자 중에서 가장 높고 F4화자가 평균 0.4로 가장 낮지만, 전반적으로 다용되고 있다는 것을 알 수 있다. 그에 반해 발화권취

득형식인 「ダカラ」(A)는 사용이 적다.

또한 설명개시・누가형식인 「ソレデ」(A')는 발화권취득・유지형식인 「ダカラ」(A)에 비해 사용이 적은 것을 알 수 있다. 특히, 「ソレデ」(A')로 설명을 개시하는 용법은 총평균이 0.01로 다른 형식에 비해 가장 낮은 수치를 나타내고 있다.

<표2> 담화표식의 출현빈도 - 도쿄방언 -

담화표식과 기능 / 화자(담화수)	A ダカラ		A' ソレデ		■ ネ・サ [끌어들임]	B ヤハリ [정보공유표시]	C ホラ [정보공유요구]	D デショー(↗) [정보공유확인]	E ネ(↗) [정보공유재확인]	F ウン [자기확인]	1담화당담화표식의평균출현수
	[발화권취득]	[발화권유지]	[설명개시]	[설명누가]							
F1(29)	7-0.24	22-0.76	1-0.03	10-0.34	88-3.03	7-0.24	10-0.34	35-1.21	0-0	35-1.21	7.4
F2(20)	3-0.15	21-1.05	1-0.05	7-0.35	65-3.25	6-0.3	8-0.4	27-1.35	2-0.1	22-1.1	8.1
F3(47)	10-0.21	66-1.4	2-0.04	26-0.55	254-5.4	22-0.47	11-0.23	70-1.49	1-0.02	33-0.7	10.51
F4(15)	5-0.33	6-0.4	0-0	3-0.2	32-2.13	4-0.27	4-0.27	17-1.13	3-0.2	12-0.8	5.73
F5(25)	8-0.32	61-2.44	1-0.04	12-0.48	142-5.68	20-0.8	8-0.32	79-3.16	1-0.04	26-1.04	14.32
F6(33)	4-0.12	34-1.03	0-0	27-0.82	104-3.15	14-0.42	11-0.33	56-1.7	2-0.06	23-0.7	8.33
F7(28)	7-0.25	28-1	0-0	26-0.93	142-5.07	18-0.64	5-0.18	43-1.54	2-0.07	40-1.43	11.11
F8(11)	3-0.27	9-0.82	0-0	4-0.36	12-1.09	6-0.55	3-0.27	10-0.91	0-0	4-0.36	4.63
F9(8)	0-0	6-0.75	0-0	4-0.5	24-3	0-0	0-0	6-0.75	0-0	5-0.63	5.63
M10(32)	5-0.16	28-0.88	0-0	15-0.47	70-2.19	12-0.38	4-0.13	39-1.22	1-0.03	29-0.91	6.37
M11(28)	5-0.18	29-1.04	0-0	22-0.79	135-4.82	18-0.64	5-0.18	28-1	2-0.07	18-0.64	9.36
총평균	0.2	1.05	0.01	0.53							
(276)	1.25		0.54		3.53	0.43	0.24	1.41	0.05	0.87	8.32

끌어들임 형식인 「ネ, サ」(■)는 전반적으로 다용되고 있고, 특히 F5 화자는 1담화당 평균 5.68로 매우 높은 것을 알 수 있다.

정보공유표시형식 「ヤハリ」(B), 정보공유환기형식 「ホラ」(C)는 그 평균으로부터 대체로 3담화당 1회의 비율로 나타나고 있다는 것을 알 수 있다.

정보공유확인형식인 「デショー(↗), ネ(↗), ヨネ(↗), ワネ(↗), ジャナイ」(D)는 F9화자의 평균이 0.75로 다른 화자에 비해 낮은 수치를 나타내고 있지만 대체로 2담화당 3회의 비율로 나타나고 있다. 정보 공유를 재확인하는 형식인 「ネ(↗)」(E)는 0.05로 다른 형식에 비해 사용빈도가 낮다.

자기확인형식인 「ウン, エ」(F)는 F8화자의 평균이 0.36으로 낮지만 대체로 1담화당 1회가 되지 않는 비율로 나타나고 있다.

<표2>에서 알 수 있듯이 화자에 따라 어느 정도 차이는 보이지만 어느 정도 유사한 경향을 나타내고 있다는 것을 알 수 있다.

이상 11명의 화자가 한 담화당 사용하는 담화표식의 평균적 출현빈도를 정리한 것이 <표2>의 총평균이다. 그 평균으로부터 도쿄방언화자는 특히 끌어들임형식인 「ネ, サ」(■), 정보공유확인형식인 「デショー(↗), ネ(↗), ヨネ(↗), ワネ(↗), ジャナイ」(D), 발화권유지형식인 「ダカラ」(A) 등을 다용하여 이야기를 전개시키고 있다는 것이 특징적이다. 또한, 자기확인형식인 「ウン, エ」(F), 설명누가형식인 「ソレデ」(A'), 정보공유표시형식인 「ヤハリ」(B)도 비교적 자주 사용하고 있다. 그에 비하면 정보공유환기형식인 「ホラ」(C)나 발화권취득형식인 「ダカラ」(A)의 사용은 적고 특히, 설명개시형식인 「ソレデ」(A')나 정보공유재확인형식인 「ネ(↗)」(E)의 사용은 매우 적다는 것을 알 수 있다.

그러나 이들 수치는 이것만으로는 충분한 의미를 가지지 못하므로 다른 방언과의 비교를 5.4절에서 행하기로 한다.

다음 5.2.2.3절에서는 담화표식의 조합패턴을 모두 제시함으로서 도쿄방언의 설명적 장면에서 이들 담화표식이 구체적으로 어떻게 조합되어 담화가 전개되는지를 검토하기로 한다.

5.2.2.3 담화표식의 조합패턴

담화자료1~담화자료3에서 담화표식만을 추출해서 담화표식의 조합패턴을 기호로 나타낸 것이 <그림1>~<그림3>이다

<그림4>는 이와 같은 방법으로 필자가 수집한 담화자료로부터 추출된 담화표식의 조합패턴을 모두 정리하여 그 수와 함께 나타낸 것이다.

<그림 4>에서 알 수 있듯이 담화표식은 밑줄 친 부분과 같이 예외적인 경우도 있지만 A(A')~F의 순으로 나타난다는 것을 알 수 있다.

또한 담화표식은 단독 아니면 두가지가 조합되어 나타나는 패턴이 많고, 세가지 이상 조합되어 나타나는 패턴도 비교적 많다. 그러나 네가지 이상 나타나는 패턴은 매우 적다.

다음으로 각 담화표식이 단독으로 나타나는지 다른 형식과 조합되어 나타나는지를 정리해 보면 <표3>과 같이 된다.

이것을 보면 모든 담화표식에서 다른 형식과 조합되어 나타나는 경우가 많은 것을 알 수 있다. 그 중에서도 특히 정보공유표시형식인 「ヤハリ」(B)나 정보공유환기형식인 「ホラ」(C)는 다른 담화표식과 조합되어 나타나는 경우가 많다. 또한 정보공유재확인형식인 「ネ(↗)」(E)는 정보공유재확인형식이기 때문에 항상 「デショー(↗), ネ(↗), ヨネ(↗),

ワネ(↗), ジャナイ」(D)와 조합되어 사용된다. 이와 같이 화자는 몇개의 담화표식을 조합해서 사용함으로서 이야기를 전개시키고 있다는 것을 알 수 있다. 한편, 발화권취득·유지형식인 「ダカラ」(A), 설명개시·누가형식인 「ソレデ」(A'), 정보공유확인형식인 「デショー(↗), ネ(↗), ヨネ(↗), ワネ(↗), ジャナイ」(D), 자기확인형식인 「ウン, エ」(F)는 다른 형식과 조합되어 나타나는 경우도 많지만, 단독으로 사용되는 비율도 높다.

\<그림4\> 담화표식의 조합패턴과 출현수 – 도쿄방언 –

조합패턴	수	조합패턴	수	조합패턴	수	조합패턴	수
A	171	ADEF	4	BF	12	A'A	3
AA'	4	ADF	16	BFD	1	A'ACD	1
AA'D	1	AF	24	C	13	A'AD	2
AA'F	1	AFB	1	CD	12	A'B	3
AB	10	B	28	CDE	1	A'BD	1
ABF	4	BA'B	1	CDF	3	A'C	1
ABD	9	BA'D	1	CF	4	A'CB	1
ABDE	1	BAD	1	CFBD	1	A'CD	4
ABDF	1	BADF	1	D	173	A'CF	1
ABAD	1	BC	2	DC	1	A'D	19
AC	6	BCD	2	DCD	1	A'DF	3
ACD	5	BCDE	1	DE	3	A'F	16
ACDE	1	BD	24	DEF	2	■만 출현	303
ACF	4	BCDF	3	DF	28	무표식	233
AD	70	BCF	1	F	96	합계 62패턴	1561
ADE	1	BDF	4	A'	88		

<표3> 담화표식의 출현양상 - 도쿄방언 -

출현양상 담화표식	단독으로 출현	다른 형식과 조합되어 출현	전체
A(ダカラ)	171(50%)	172(50%)	343(100%)
A'(ソレデ)	88(58%)	63(42%)	151(100%)
B(ヤハリ)	28(25%)	84(75%)	112(100%)
C(ホラ)	13(19%)	56(81%)	69(100%)
D(デショー(↗))	173(43%)	231(57%)	404(100%)
E(ネ(↗))	0(0%)	14(100%)	14(100%)
F(ウン)	96(42%)	132(58%)	228(100%)

<표4>는 각 담화표식의 조합패턴 중에서 어떠한 패턴이 많은지를 다음 방법으로 계산하여 1위에서 5위까지 나타낸 것이다.

각 조합패턴 / 전 조합패턴×100
=각 조합패턴의 비율

<표4>로부터 도쿄방언에서는 A+D, 즉 「발화권취득·유지」(ダカラ)+「정보공유확인」(デショー(↗))과 같은 조합패턴이 자주 사용되고 있다는 것을 알 수 있다. 또한, D+F, A+F, 즉 「정보공유확인」(デショー(↗))+「자기확인」(ウン), 「발화권취득·유지」(ダカラ)+「자기확인」(ウン)과 같은 패턴도 많이 사용된다. 또한, B+D, C+D, 즉 「정보공유표시」(ヤハリ)+「정보공유확인」(デショー(↗)), 「정보공유환기」(ホ

ラ)+「정보공유확인」(デショー(↗))과 같이 「정보공유표시」(ヤハリ)나
「정보공유환기」(ホラ)를 행한 후에 「정보공유확인」(デショー(↗))으
로 끌고 가는 패턴도 눈에 띤다.

<표4> 담화표식의 조합패턴(상위 5위까지) - 도쿄방언 -

	각 조합패턴과 그 비율
1	A 「ダカラ」+D 「デショー(↗)」(115/1561=7.37%)
2	D 「デショー(↗)」+F 「ウン」(64/1561=4.10%)
3	A 「ダカラ」+F 「ウン」(57/1561=3.65%)
4	B 「ヤハリ」+D 「デショー(↗)」(52/1561=3.33%)
5	C 「ホラ」+D 「デショー(↗)」(36/1561=2.31%)

5.2.3 도쿄방언의 담화전개방법

이상 담화표식의 출현경향으로부터 도쿄방언의 담화전개방법을 고
찰했다. 그 결과로부터 도쿄방언의 특징을 정리하면, 도쿄방언은 「ダカ
ラ」로 자신이 발화권을 가지고 있다는 것을 어필하고 「ネ」로 상대를
이야기 속으로 끌어들이며 「デショー(↗)」 등으로 정보의 공유를 강하
게 요구·확인함으로서 적극적으로 이야기를 납득시켜가는 담화전개
방법을 취한다고 말할 수 있다. 이러한 담화전개패턴은 필자가 수집한
모든 담화자료 전체에 나타나 그것이 도쿄방언의 특징적 담화전개방법
이라는 것을 알 수 있다.

그러나 이들 특징은 도쿄방언의 분석만으로는 충분한 의미를 가지지
못하므로 다른 방언과의 비교를 5.4절에서 행하도록 한다.

다음 5.3절에서는 오사카방언의 담화전개방법을 고년층을 중심으로
기술한다.

5.3 오사카방언의 담화전개방법

5.3.1 담화표식과 그 기능

오사카방언화자는 설명적 장면에서 다양한 형식의 담화표식을 사용
하여 이야기를 전개시키고 있다. 그 중에서도 특히,「ダカラ」「ソレデ」
「ソシタラ」「ソレカラ」「ソースルト」「ヤハリ」「ナ」「ネ」「サ」「ヤ
ロー」「デショー」「ヨナ」「ヨネ」「ワナ」「ワネ」「ヤン」「ウン」「エ」
「ハイ」(대표형) 등을 다용하는 경향이 있다. 이들 형식의 품사는 접속
사(「ダカラ」「ソレデ」「ソシタラ」「ソレカラ」「ソースルト」), 부사(「ヤ
ハリ」), 감동사(「ネ」「ウン」「エ」「ハイ」), 간투조사(「ナ」「ネ」「サ」),
종조사(「ネ」「ヨナ」「ヨネ」「ワナ」「ワネ」「ヤン」), 조동사(「ヤロー」
「デショー」) 등 다양하지만, 모두 설명적 장면에서 효과적인 정보전달
에 중요한 역할을 하고 있다.

따라서 오사카방언의 담화자료를 검토하여 이들 담화표식이 어떻게
기능하고 있는지 그 한 가지 한 가지 형식의 담화 속에서의 기능에 대
해 고찰했다.

\<표5\> 설명적장면에서 사용되는 담화표식과 그 기능
- 오사카방언 -

기호	대표형	구체적 형식	기능
A	ダカラ	ダカラ, ダーラ, ダカ, ソヤカラ, ソーヤカラ, ソヤカ, ヤカラ, ヤカ, デスカラ	**발화권취득** 담화의 모두에 사용되어 상대로부터 발화권을 받는다. **발화권유지** 담화의 도중에 사용되어 계속해서 이야기를 진행시키려는 화자의 의지를 상대에게 나타냄으로서 발화권을 유지한다.
A'	ソレデ/ ソシタラ/ ソレカラ/ ソースルト	ソレデ, ソイデ, ソエデ, ソデ, ホンデ, ホイデ, ホデ, ンデ, デ/ソシタラ, ホシタラ, シタラ/ソレカラ, ホレカラ/ソースルト	**설명개시** 담화의 모두에 사용되어 설명을 개시한다. **설명누가** 담화의 도중에 사용되어 설명을 첨가한다.
■	ナ/ ネ(間・終)/ サ	ナ, ナー/ ネ, ネー/ サ, サー/	**끌어들임** 그때까지의 이야기를 상대가 이해하고 있는지를 확인하고 계속해서 상대를 이야기 속으로 끌어들이면서 이야기를 전개한다.
B	ヤハリ	ヤハリ, ヤッパリ, ヤッパシ, ヤッパ	**정보공유표시** 정보의 공유를 전제로 이야기를 진행시키고 있다는 것을 상대에게 나타낸다.
D	ヤロー(↗)/ デショー(↗)/ ナ(↗)/ ネ(↗)/ (感・終) ヨナ(↗)/ ヨネ(↗)/ ワナ(↗)/ ワネ(↗)/ ヤン	ヤロー(↗), ヤロ(↗)/ デショー(↗), デショ(↗)/ ナ(↗), ナー(↗), ンナ(↗)/ ネ(↗), ネー(↗), ンネ(↗)/ ヨナ(↗), ヨナー(↗)/ ヨネ(↗), ヨネー(↗)/ ワナ(↗), ワナー(↗)/ ワネ(↗), ワネー(↗)/ ヤン, ヤンカ	**정보공유확인** 상대에게 정보의 공유를 적극적으로 요구하여 그에 대해 확인한다.
E	ナ(↗)/ ネ(↗) (感)	ナ(↗), ナー(↗), ンナ(↗)/ ネ(↗), ネー(↗), ンネ(↗)	**정보공유재확인** 정보의 공유를 다시 한번 확인한다.

F	ウン/ エ/ ハイ	ウン, ウーン/ エ, エー/ ハイ	**자기확인** 그때까지의 이야기를 스스로 정리하여 자기 확인하고, 그렇게 함으로서 상대 도 납득시켜가며 이야기를 전개한다.

그 결과, 오사카방언에서 사용되는 담화표식의 종류는 「ホラ」(C)이
외, 발화권취득・유지, 설명개시・추가, 정보공유표시와 같이 기능면에
서는 센다이방언, 도쿄방언과 동일한 것이 사용되고 있다는 것을 알았
다. 단 사용빈도나 조합패턴에는 차이가 나타나므로 이 점에 대해서
이하에서 자세히 다루기로 한다. 그 밖에 구체적 형식은 예를 들면, 「ソ
ヤカラ」(A)나 「ヤロー(↗)」(D) 등 오사카방언의 특징적인 형식이 사
용되고 있다. 기능면에서의 공통성을 기초로 여기에서는 센다이방언,
도쿄방언을 참고로 오사카방언에서 사용되는 담화표식과 그 기능을 고
찰하기로 한다. 오사카방언에서 사용되는 담화표식과 그 기능을 검토
한 결과를 나타낸 것이 <표5>이다.

이하 5.3.2절에서는 이와 같은 담화표식의 출현경향, 즉 담화표식의
출현빈도와 조합패턴을 구체적 사례와 함께 제시함으로서 오사카방언
의 담화전개방법에 대해 고찰한다.

5.3.2 담화표식의 출현경향

5.3.2.1 담화표식의 사례분석

오사카방언의 담화전개방법을 밝히기 위해 여기에서는 고년층 화자
의 담화전개의 특징을 전형적으로 나타내고 있는 다음 세 장면을 예로
들어 고찰하기로 한다. <표5>에서 제시한 담화표식을 사용하여 담화

를 전개하고 있는 구체적 사례가 담화자료 4, 5, 6이다.

담화자료4 오사카를 대표하는 것에 대한 이야기
(쇼와 8년생, 남성, 당시 70세, 무직)

1	① ホカニワ オーサカデワー네ー ソノ ブンラクオー네ー アレ デスカラ 운 ② コレカラ네 マスマス ハッテンシ ハッテンサセナ イカンシ 네 운
2	③ ソレデモ ブンラクノ シハンガ イーハンノワ オーサカノ コ ガ オデシサンニ ナランノデスヨ 운 ④ モーケン ナランカラ 운
3	⑤ 데 ヨソノ トチノ コガ キテ ソイデ ブンラクノ ベンキョー シマスト
4	⑥ 데 ミンナ オーサカベンデー ソノ ユカボン ナローテ ㄴ데 ソノ ベンキョガ スンダラ ジーパンヤラー네ー ソノ ブレ ザーニ キガエテ「ジャ ケーリンニ イッペ イッカ」ユーヨー ナ トチノ ヒトガー ブンラク ナロートン
5	⑦ 혼데 スミタユサンナンカ ナイテ イルワケ オーサカノ ト チノ コニー네ー ブンラクノ네 エンジャニナッテ ホシイ ユーテ 운 ナゲーテ ハリマス
6	⑧ ウーン ツイ サイキンデワ アノー ニッポンバシノ チューガ ク ソツギョーシタ コガ ヒトリ オデシサンニ ハイリマシタ
7	⑨ ソレ オーサカノ コデスカラ네 ソレガ ツイ サイキンノ ニュースデス 하이 ⑩ シンブンニモ ノリマシタカラ네

＜共通語訳＞

---

① 他には大阪ではね，その文楽をね，あれですから，うん。
② これからね，ますます発展させなければならないしね，うん。
③ それでも，文楽の師範がおっしゃるのは大阪の子がお弟子さんに
　ならないのですよ，うん。
④ 儲けにならないから，うん。
⑤ で，よその土地の子が来て，それで文楽の勉強しますと。
⑥ で，みんな大阪弁でその床本を習って，で，その勉強が済んだら
　ジーパンやらね，そのブレザーに着替えて，「じゃ，競輪に一遍行く
　か」というような土地の人が文楽習っているの。
⑦ それで，住太夫さんなんか泣いているわけ，大阪の土地の子にね，
　文楽のね，演者になってほしいといって，うん，嘆いていらっしゃ
　います。
⑧ ううん，つい最近ではあのう，日本橋の中学卒業した子が1人お弟
　子さんに入りました。
⑨ それ大阪の子ですからね，それがつい最近のニュースです，はい。
⑩ 新聞にも載りましたからね。

　담화자료4는 오사카를 대표하는 것에 대한 이야기로 화자는 여러 가
지 담화표식을 사용하여 이야기를 전개시키고 있다. 1에서는「ネ(ー)」
(4회)로 상대를 「他には大阪ではその文楽をこれからますます発展さ
せなければならない(그 외에는 오사카에서는 분라쿠를 앞으로 더욱 발
전시키지 않으면 안된다)」라는 이야기 속으로 끌어들이면서 이야기를
전개하고 있다. 2에서는「それでも文楽の師範がおっしゃるのは儲けに
ならないから大阪の子がお弟子さんにならないのだ(그래도 분라쿠의

사범이 말씀하시는 것은 돈벌이가 되지 않으므로 오사카 아이들이 제
자가 되지 않는다는 것이다)」라고 설명한 후,「ウン」으로 자기확인하
면서 이야기를 전개시키고 있다. 3에서는「デ, ソイデ(=ソレデ)」로
「よその土地の子が来て, 文楽の勉強をする(다른 지역의 아이가 와서
분라쿠 공부를 한다)」라는 설명을 첨가하며 이야기를 전개시키고 있다.
4에서도 화자는「デ, ンデ(=ソレデ)」로 설명을 첨가하고「ネー」로 상
대를 이야기 속으로 끌어들이면서 이야기를 진행시키고 있다. 5에서는
「ホンデ(=ソレデ)」로「住太夫さんは大阪の土地の子に文楽の演者に
なってほしいといって泣いている, 嘆いていらっしゃる(스미타유씨는
오사카 지역의 아이에게 분라쿠의 연기자가 되어 주었으면 좋겠다고
한탄하고 있다)」라는 설명을 첨가하고,「ネ(ー)」(2회)로 상대를 이야기
속으로 끌어들이며,「ウン」으로 자기확인하면서 이야기를 진행시키고
있다. 7에서는「ネ」(2회)로 상대를「(最近, 日本橋の中学卒業した子
が1人お弟子さんに入ったが)それが大阪の子だというのが最近の
ニュースで, そのニュースが新聞にも載った(최근 니혼바시의 중학교
를 졸업한 아이가 한 명 제자로 들어왔는데 그것이 오사카의 아이라는
것이 뉴스로, 그 뉴스가 신문에도 실렸다)」라는 이야기 속으로 끌어들
이고,「ハイ」로 자기확인하면서 이야기를 전개하고 있다.

담화자료4로부터 화자는「ソレデ」(A'),「ネ」(■),「ウン, ハイ」(F)
등과 같이 여러 가지 담화표식을 사용하여 이야기를 진행시키고 있다
는 것을 알 수 있다.

이 담화자료4로 부터 담화표식만을 꺼내어 담화표식의 조합패턴을
나타낸 것이 <그림6>이다. 담화표식의 조합패턴에 대해서는 5.3.2.3절
에서 자세히 다루기로 한다.

<그림6> 담화표식의 조합패턴

```
1 ■■F■■F
2 FF
3 A'A'
4 A'A'■
5 A'■■F
6
7 ■F■
```

<그림6>으로부터 알 수 있듯이 담화자료4에서 특징적인 것은 「ソ
レデ」(A')로 설명을 첨가하고, 「ネ」(■)로 상대를 이야기 속으로 끌어
들이면서 이야기를 전개한다는 것이다. 또한, 「ウン, ハイ」(F)로 자기
확인하면서 이야기를 전개하는 것도 특징적이다. 이러한 경향은 다음
담화자료5에서도 나타난다.

담화자료5 교육에 대한 이야기
(쇼와 8년생, 남성, 당시 70세, 무직)

1	① アノ ヤッパ ミズワ タダノ クニヤッタノニ ネ
	② イマ ミズ ウットルカラ ネ
	③ ペットボトルニ イレテ ネ ウォーター ウッテル ヤン
2	④ アンナン ウリダシタ コロ ネ イマカラ ニジューネンモ マエ ヤケド コシ ヌカシタヨ ワシラ
3	⑤「ミズ カウ ヤツガ オンネ」
4	「コイツラ アホヤナ」ユーテ ソーユー ハナシオ シタ ウン 1)

5	⑥ ソレカラ ソレホド ネ ヨノ ナカガ カワッテ キタワケ ウン
6	⑦ ソリャ ヤッパリ ネ ウーン アメリカニ マケタ リユーガ アッテ ネ
	⑧ ソーデ クニガ ホロンデ
	⑨ ソーデ アレヨ ソノ シソーモ キョーイクモ ミンナ ウン
	⑩ アメリカノ レー レー ドレーニ ナッテ シモータ ヤン ウン
7	⑪ モンブショーガ アホヤカラ ネ カンジセーゲン シテ ミタリ ネ ウン
	⑫ ソンナ コト シテマス ヤン
8	⑬ ソーユーノニ ヨーチエンカラ エーゴ オシエル ユーテ ネ
	⑭ アホト チャウカイ
9	⑮ カタコトシカ シャベラレヘン コニ エーゴ オセッテ エーゴノ カタコトシカ オボエラレヘン ヤン ネー(↗)
10	⑯ タンノー イッタッテ ワカラナイ デショー(↗) コドモニ
	⑰ タンノートユー エーゴオ オシエテモ ワカラナイワケ
11	⑱ デ ロッサイカラ エーゴ オシエル ユーテ ネ
	⑲ ア アホナ コッチャ

<공통어역>

① あの, やっぱり, 水はただの国だったのにね。
② 今, 水売っているからね。
③ ペットボトルに入れてね, ウォーター売っているじゃない。

---

1) 본 연구에서 ①②…는 포즈로 나눈 문의 번호이고, 1, 2…는 형식적·의미적으로 연결되는 문의 번호이다. 대부분의 경우, 포즈로 나눈 ①②③, ⑦⑧⑨⑩과 같은 문은 각각 1, 6과 같이 내용적으로 하나로 통합할 수가 있다. 그러나 경우에 따라서는 ⑤와 같이 포즈로 나눈 문이라도 4, 5와 같이 형식적·의미적으로 나눠지는 경우도 있다.

④ あんなもの売り出した頃ね, 今から20年も前だけど, 腰ぬかしたよ, 私たち。

⑤ 「水買うやつがいるんだよ」「こいつら馬鹿だね」といって, そういう 話をした, うん。

⑥ それから, それほどね, 世の中が変わってきたわけ, うん。

⑦ それはやっぱりね, ううん, アメリカに負けた理由があってね。

⑧ それで国が滅んで。

⑨ それで, あれよ, 思想も教育もみんな, うん。

⑩ アメリカの奴隷になってしまったじゃない, うん。

⑪ 文部省が馬鹿だからね, 漢字制限してみたりね, うん。

⑫ そんなことしているじゃない 。

⑬ そういうのに幼稚園から英語を教えるといってね。

⑭ 馬鹿じゃないか。

⑮ 片言しかしゃべられない子に英語教えても英語の片言しか覚えら れないじゃない, ねえ(↗)。

⑯ 堪能といったって解らないでしょう(↗), 子供に。

⑰ 堪能という英語を教えても解らないわけ。

⑱ で, 6歳から英語を教えると言ってね。

⑲ 馬鹿なことだ。

담화자료5에서도 화자는 다양한 담화표식을 사용하여 이야기를 전 개시키고 있다. 우선 1에서 화자는 「ヤッパ(=ヤハリ)」로 「水はただの 国だった(물은 공짜인 나라였다)」라는 정보의 공유를 전제로 하고 있 다는 것을 나타내고, 「ネ」로 상대를 이야기 속으로 끌어들이면서 이야 기를 진행시키고 있다. 또한, 「ネ」(2회)로 상대를 「今は水をペットボト ルに入れて売っている(최근에는 물을 PT병에 넣어서 팔고 있다)」라

는 이야기 속으로 끌어들이고, 「ヤン」으로 정보의 공유를 확인하면서
이야기를 전개하고 있다. 2에서는 「ネ」로 상대를 「あのようなもの(水)
を売り出した頃は今から20年も前になるけど, (水はただの国だったの
に, 水を売っているから)私たちはびっくりしたのだ(물을 팔기 시작한
것은 20년 전인데 물을 팔고 있는 것을 보고 우리들은 깜짝 놀랐다)」라
는 이야기 속으로 끌어들이면서 이야기를 전개시키고 있다. 4에서는
「『こいつら(水を買う人)は馬鹿だ』という話をした(『물을 사는 사람은
바보다』라는 이야기를 했다)」라는 설명에 대해 「ウン」으로 자기확인
하면서 이야기를 전개시키고 있다. 5에서 화자는 「ソレカラ」로 「それ
ほど世の中が変ってきたわけだ(그 정도로 세상이 바뀌었다)」라는 설
명을 첨가하고 「ネ」로 상대를 이야기 속으로 끌어들이며 「ウン」으로
자기확인하면서 이야기를 진행시키고 있다. 6에서는 「ヤッパリ(=ヤハ
リ)」로 「アメリカに負けたことに理由がある(미국에 진 것에 이유가 있
다)」라는 정보의 공유를 전제로 하고 있다는 것을 상대에게 명시하고,
「ネ」(2회)로 상대를 이야기 속으로 끌어들이면서 이야기를 진행시킨
다. 또한, 「ソーデ, ソンデ(=ソレデ)」로 「国が滅んで思想も教育もみん
なアメリカの奴隷になってしまった(나라가 망해서 사상도 교육도 모
두 미국의 노예가 되어버렸다)」라는 설명을 첨가하고 「ヤン」으로 정보
의 공유를 확인, 「ウン」(2회)으로 자기확인하면서 이야기를 전개시키
고 있다. 7에서는 「ネ」(2회)로 상대를 「文部省が馬鹿だから漢字制限
などをしている(문부성이 바보이기 때문에 한자제한 등과 같은 짓을
하고 있다)」라는 이야기 속으로 끌어들이고 「ウン」으로 자기확인하면
서 이야기를 전개시킨다. 또한, 「ヤン」으로 「そんなことをしている(그
런 짓을 하고 있다)」라는 정보의 공유를 확인하며 이야기를 전개시키

고 있다. 8에서는 「ネ」로 상대를 「それなのに幼稚園から英語を教える
と言っている(그런 형편인데 유치원부터 영어를 가르친다고 하고 있
다)」라는 이야기 속으로 끌어들이면서 이야기를 전개시키고 있다. 9에
서 화자는 「ヤン」으로 「片言しかしゃべられない子に英語を教えたの
では英語の片言しか覚えられない(아직 제대로 이야기도 못하는 아이
에게 영어를 가르쳐 봤자 영어도 제대로 배울 수 없다)」라는 정보의
공유를 확인하고 「ネー(↗)」로 정보공유를 재확인하면서 이야기를 전
개하고 있다. 10에서 화자는 「デショー (↗)」로 「(子供にはまだ『堪
能』という日本語も分からないので、そのような子供に)『堪能』にあ
たる英語を教えても解らない(아이는 아직 『堪能』라는 일본어도 모르
므로 『堪能』에 해당되는 영어를 가르쳐도 이해하지 못한다)」라는 정
보의 공유를 확인하면서 이야기를 전개하고 있다. 11에서는 「デ(=ソレ
デ)」로 「6歳から英語を教えると言っている(여섯 살부터 영어를 가르
친다고 하고 있다)」라는 설명을 첨가하고, 「ネ」로 상대를 이야기 속으
로 끌어들이면서 이야기를 전개하고 있다.

　담화자료5에서 화자는 「ソレカラ, ソレデ」(A'), 「ネ」(■), 「ヤハリ」
(B), 「ヤン, デショー(↗)」(D), 「ネー(↗)」(E), 「ウン」(F) 등과 같이
여러 가지 담화표식을 사용하면서 이야기를 전개하고 있다.

　이 담화자료5로부터 담화표식만을 추출하여 담화표식의 조합패턴을
나타낸 것이 <그림7>이다.

　<그림7>로부터 알 수 있듯이 담화자료5에서 특징적인 것은 「ソレ
カラ, ソレデ」(A')로 설명을 첨가하고 「ネ」(■)로 상대를 이야기 속으
로 끌어들이며 「ヤハリ」(B)로 정보의 공유를 전제로 하고 있다는 것을
명시, 「ウン」(F)으로 자기확인하면서 이야기를 전개시키는 것이다. 또

한 「ヤン, デショー(↗)」(D)로 정보의 공유를 확인하고, 「ネー(↗)」(E)
로 정보의 공유를 재확인하면서 이야기를 전개시켜나가는 것도 특징적
이다. 이와 같은 경향은 다음 담화자료6에서도 나타난다.

<그림7> 담화표식의 조합패턴

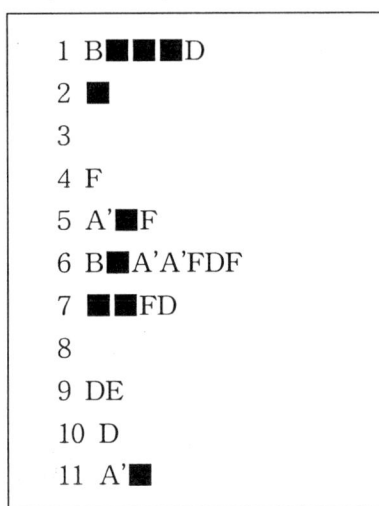

```
1 B■■■D
2 ■
3
4 F
5 A'■F
6 B■A'A'FDF
7 ■■FD
8
9 DE
10 D
11 A'■
```

담화자료6 방언에 대한 이야기
(쇼와 11년생, 여성, 당시 67세, 주부)

1	① デ ヤッパリ アノ オーサカノ シトワ シト ミルト ネ 「ヤ ナニ シニ キテハッタン」ト ムネガ ヒロガッテマス ネ ウミ ヒロガッテ イルカラ
2	② デ アノ ヘイサテキヤナイカラ ワリアイト ソノ イチイチ チガウ コトバヤ オモーテモ ワカッテ モラエナンダラ モッペン セツメースルクライノ コトワ ソレクライノ ドリョクワ イトエシマセン ウン

3	③ ワカラヘンッテ イーハッタラ「イヤ ソレワ コーユー コトヤネン」ト
4	④ ジツワ アルカタニ イワレテ「オーサカノ シトワ コトバニ モノスゴイ アイチャクト ジシンオ モッテハリマスネ」
5	⑤ デ「ナンデスネン」テ ユータラ コッチガ ワカランッテ ユータラ モッペン オーサカ ベンデ アンジョー ワカルヨーニ セツメーシハルト
6	⑥ デ ホカノ チホーノ シトワ ワカランッテ ユータラ ソレオ ヒョージュンゴニ カエテ イーハルト
7	⑦ ソコノ チガイカナト
8	⑧「ア ソーデスカ ヤッパリ ワタシラ オーサカベン ワカッテ ホシイ オモッテマスモンネ」トユー イーカタオ スルンデスケド ネ
9	⑨ デ ソレワ アル ミカタカラ スルト ジシンガ アルトカ アイシテ ハルトカ アイシテワ オリマス オーサカベン ⑩ タイヘン アイシテマス

<공통어역>

① で, やっぱり, あの, 大阪の人は人を見ると「や, 何しにいらしゃったの」と胸が広がっていますね, 海広がっているから。

② で, あの閉鎖的ではないから, わりあいとその一々違う言葉だと思っても, 解ってもらえなかったら, もう1回説明するくらいのことはそれくらいの努力は厭いはしません, うん。

③ 解らないとおっしゃったら, 「いやそれはこういうことだよ」と。

④ 実はある方に言われて, 「大阪の人は言葉にものすごい愛着と自信を持っていらっしゃいますね」

⑤ で, 「なんですか」と言ったら, こっちが解らないと言ったらもう1

　　回大阪弁で，よく解るように説明なさると。

⑥　で，他の地方の人は解らないと言ったら，それを標準語にかえて
　　おっしゃると。

⑦　そこの違いかなと。

⑧　「あ，そうですか，やっぱり，私たち大阪弁解ってほしいと思ってい
　　ますものね」という言い方をするんですけどね。

⑨　で，それはある見方からすると，自信があるとか，愛しているとか，
　　愛してはおります，大阪弁。

⑩　大変愛しています。

　　담화자료6에서 화자는 여러 가지 담화표식을 사용하여 이야기를 전
개시키고 있다. 우선 1에서 화자는「デ(＝ソレデ)」로 설명을 개시하고
「ヤッパリ(＝ヤハリ)」로「大阪の人は(大阪に来た)人を見ると『何をし
にいらっしゃったの』と聞くくらい心が広いのだ(오사카 사람은 오사카
에 온 사람을 보면『어떻게 오셨어요』라고 물을 정도로 마음이 넓다)」
라는 정보의 공유를 전제로 하고 있다는 것을 상대에게 나타내고「ネ」
(2회)로 상대를 이야기 속으로 끌어들이면서 이야기를 전개시키고 있
다. 2에서는「デ(＝ソレデ)」로「(大阪の人は)閉鎖的ではないから，
一々違う言葉だと思っても，解ってもらえなかったら，もう1回説明す
るくらいの努力は厭わないのだ(오사카 사람은 폐쇄적이지 않기 때문
에 하나하나 다른 말이라도 상대가 이해하지 못하면 다시 한 번 설명할
정도의 노력은 아끼지 않는다)」라는 설명을 누가하고「ウン」으로 자기
확인하면서 이야기를 진행시키고 있다. 5, 6에서는「デ(＝ソレデ)」로
「(大阪の人は言葉にものすごい愛着と自身を持っていらっしゃると

言われたので)その理由を聞いたら, こっちが(話の意味が)解らないと言ったら, もう1回大阪弁でよく解るように説明なさる(오사카 사람은 오사카 말에 애착과 자신을 갖고 있다고 했으므로 그 이유를 물었더니 말의 의미가 모른다고 하면 다시 한번 오사카 방언으로 잘 알게 설명하신다)」「他の地方の人は(話の意味が)解らないと言ったら, それを標準語にかえて説明なさる(다른 지방 사람은 말의 의미를 모른다고 하면 그것을 표준어로 바꿔서 설명해 주신다)」라는 설명을 첨가하면서 이야기를 진행시키고 있다. 8에서는 「ネ」로 상대를 계속해서 이야기 속으로 끌어들이면서 이야기를 전개시키고 있다. 9에서도 화자는 「デ(=ソレデ)」로 「それはある見方からすると自信があるとか, 愛しているとかいうことになり, 実際自分たちは大阪弁を大変愛している(그것은 다른 입장에서 말하면 자신이 있다든가 애착을 가지고 있다는 것이 되는데 실제 우리들은 오사카 방언을 매우 사랑하고 있다)」라는 설명을 첨가하면서 이야기를 전개시키고 있다.

담화자료6에서 화자는 「ソレデ」(A'), 「ネ」(■), 「ヤハリ」(B), 「ウン」(F) 등 여러 가지 여러 가지 담화표식을 사용하면서 이야기를 전개시키고 있다.

담화자료6에서 담화표식만을 추출하여 담화표식의 조합패턴을 나타낸 것이 <그림8>이다.

<그림8>로부터 알 수 있듯이 담화자료6에서 특징적인 것은 「ソレデ」(A')로 설명을 개시·누가하면서 이야기를 전개시키고 있다는 것이다. 또한 「ネ」(■)로 상대를 이야기 속으로 끌어들이고 「ヤハリ」(B)로 정보의 공유를 전제로 하고 있다는 것을 명시, 「ウン」(F)으로 자기확인하면서 이야기를 전개시키고 있다는 것도 특징적이다.

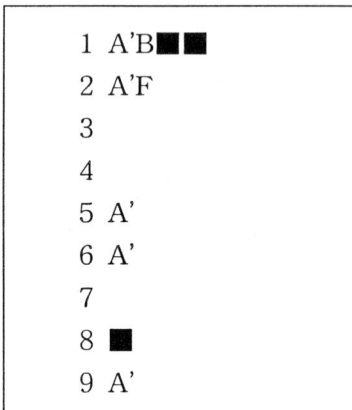

<그림8> 담화표식의 조합패턴

이상 오사카방언의 설명적 장면의 담화전개방법을 구체적 사례를 통해 검토했다. 그 결과를 정리하면 다음과 같다.

오사카방언의 고년층 화자는 상대의 정보요구에 대해「ソレデ, ソシタラ, ソレカラ, ソースルト」(A')와 같은 형식으로 설명을 개시·누가하고,「ナ, 禰, サ」(■)로 상대를 이야기 속으로 끌어들이면서 이야기를 진행시킨다. 또한,「ヤハリ」(B)로 정보의 공유를 전제로 하고 있다는 것을 명시하고,「ヤロー(↗), デショー(↗), ナ(↗), 禰(↗), ヨナ(↗), ヨ禰(↗), ワナ(↗), ワ禰(↗), ヤン」(D)으로 정보의 공유를 확인,「ナ(↗), 禰(↗)」(E)로 정보의 공유를 재확인,「ウン, エ, ハイ」(F)로 자기확인하면서 이야기를 진행시키고 있다. 또한 담화자료4~6에는 나타나지 않았지만,「ダカラ」(A)가 발화권을 취득·유지하기 위해 사용되는 경우도 있다. 이와 같은 담화표식의 출현경향은 필자가 수집한 오사카방언의 담화자료 전체에서 나타난다.

다음의 5.3.2.2절, 5.3.2.3절에서는 이들 담화표식의 출현빈도와 조합패턴을 모두 제시함으로서 양적인 측면에서 오사카방언의 담화전개방법을 밝히기로 한다.

5.3.2.2 담화표식의 출현빈도

<표6>은 오사카방언화자 10명의 설명적 장면에서의 담화표식의 출현빈도를 나타낸 것이다. 그 계산방법, 표로의 제시방법은 센다이방언, 도쿄방언의 경우와 같다.

<표6>으로부터 우선 「ダカラ」(A)에 대해서 보면, 발화권취득용법의 출현빈도는 모든 화자에서 1담화당의 평균이 0.03으로 매우 적은 것을 알 수가 있다. 또한, 발화권유지용법은 F9, F10 화자가 모두 평균 0.88로 다른 화자보다 높은 수치를 나타내고 있기는 하지만 전반적으로 1담화 당의 평균이 0.6으로 1회가 되지 않는 비율로 나타나고 있다.

한편, 「ソレデ」(A')에 대해서 살펴 보면, 설명개시용법의 출현빈도는 총평균이 0.02로 「ダカラ」(A)의 발화권취득용법과 같이 낮은 수치를 나타내고 있다. 그에 비하면 설명누가용법은 자주 사용되고 있음을 알 수가 있다. 이 용법의 「ソレデ, ソシタラ, ソレカラ, ソースルト」(A')는 발화권유지용법인 「ダカラ」(A)의 3배 정도의 수치를 나타내고 있고, M1과 M5, F9화자 등 이 용법을 특히 다용하는 화자도 있다.

또한, 끌어들임 형식인 「ナ, ネ, サ」(■)는 전반적으로 다용되고 있고, 특히 M3화자는 1담화당의 평균이 11.5로 매우 높은 수치를 나타내고 있다.

정보공유표시형식 「ヤハリ」(B)는 M1화자의 사용이 0.07로 낮고, M3화자는 2.07로 높은 수치를 나타내고 있지만, 전반적으로 2담화당

1회가 되지 않는 비율로 나타나고 있다. 정보공유확인형식 「ヤロー(↗), デショー(↗), ナ(↗), ネ(↗), ヨナ(↗), ヨネ(↗), ワナ(↗), ワネ(↗), ヤン」(D)은 F10화자의 평균이 0.19로 다른 화자에 비해 낮은 수치를 나타내고 있지만, 대체로 1담화당 1회의 비율로 나타나고 있다.

<표6> 담화표식의 출현빈도 - 오사카방언 -

담화표식과 기능 / 화자 (담화수)	A ダカラ		A' ソレデ		■ ナ・ネ [끌어들임]	B ヤハリ [정보공유표시]	D ヤロー(↗) [정보공유확인]	E ナ(↗) [정보공유재확인]	F ウン [자기확인]	1담화당 담화표식의 평균 출현수
	[발화권 취득]	[발화권 유지]	[설명 개시]	[설명 누가]						
M1(44)	0=0	10=0.23	2=0.05	118=2.68	199=4.52	3=0.07	28=0.64	1=0.02	105=2.39	10.6
M2(20)	1=0.05	14=0.7	1=0.05	31=1.55	111=5.55	6=0.3	23=1.15	2=0.1	57=2.85	12.3
M3(14)	0=0	4=0.29	0=0	20=1.43	161=11.5	29=2.07	24=1.71	2=0.14	30=2.14	19.28
M4(31)	1=0.03	12=0.39	1=0.03	49=1.58	184=5.94	8=0.26	19=0.61	2=0.06	52=1.68	10.58
M5(27)	1=0.04	12=0.44	0=0	84=3.11	117=4.33	4=0.15	52=1.93	1=0.04	80=2.96	13
F6(28)	1=0.04	23=0.82	3=0.11	49=1.75	61=2.18	13=0.46	22=0.79	0=0	49=1.75	7.9
F7(58)	2=0.03	35=0.6	0=0	79=1.36	297=5.12	18=0.31	66=1.14	1=0.02	172=2.97	11.55
F8(19)	1=0.05	14=0.74	0=0	24=1.26	107=5.63	7=0.37	12=0.63	0=0	34=1.79	10.47
F9(25)	1=0.04	22=0.88	0=0	65=2.6	188=7.52	8=0.32	19=0.76	1=0.04	52=2.08	14.24
F10(16)	0=0	14=0.88	0=0	17=1.06	40=2.5	4=0.25	3=0.19	0=0	39=2.44	7.3
총평균 (282)	0.03	0.6	0.02	1.84	5.48	0.46	0.96	0.04	2.31	11.74
	0.63		1.86							

또한 정보공유재확인형식인 「ナ(↗), ネ(↗)」(E)는 총평균이 0.04로 다른 형식에 비해 출현빈도가 매우 낮다. 그에 비하면 자기확인형식인 「ウン, エ, ハイ」(F)는 대부분의 화자에게 1담화당 2회 이상 나타나고

있을 정도로 다용되고 있다는 것을 알 수가 있다.

이와 같이 <표6>으로부터 화자에 따라 담화표식의 출현빈도는 조금씩 다르지만, 대략 비슷한 경향을 나타내는 것을 알 수 있다.

이상 10명의 화자가 한 담화에서 사용하는 담화표식의 평균적 출현빈도를 나타낸 것이 <표6>의 총평균이다.

그 수치로부터 오사카방언화자는 특히, 끌어들임형식인「ナ, ネ, サ」(■), 자기확인형식인「ウン, エ, ハイ」(F), 설명누가형식인「ソレデ, ソシタラ, ソレカラ, ソースルト」(A')를 다용하여 담화를 진행시키는 것이 특징적이라고 말할 수 있다. 또한 정보공유확인형식인「ヤロー(↗), デショー(↗), ナ(↗), ネ(↗), ヨナ(↗), ヨネ(↗), ワナ(↗), ワネ(↗), ヤン」(D), 발화권유지형식인「ダカラ」(A), 정보공유표시형식인「ヤハリ」(B)도 비교적 자주 사용되고 있다. 그러나 정보공유재확인형식인「ナ(↗), ネ(↗)」(E), 발화권취득형식인「ダカラ」(A), 설명개시형식인「ソレデ」(A')의 사용은 매우 적다. 또한 도쿄방언, 센다이방언에서 사용되는 정보공유확인형식「ホラ」(C)는 오사카방언에서는 사용되지 않는다.

다음 5.3.2.3절에서는 담화표식의 조합패턴을 모두 제시함으로서 오사카방언의 설명적 장면에서 이들 담화표식이 구체적으로 어떻게 조합되어 담화가 전개되는지를 검토한다.

5.3.2.3 담화표식의 조합패턴

담화자료4~6에서 담화표식만을 추출하여 담화표식의 조합패턴을 기호로 나타낸 것이 <그림6>~<그림8>이다.

<그림9>는 이와 같은 방법으로 필자가 지금까지 수집한 오사카방언의 담화자료로부터 추출된 담화표식의 조합패턴을 모두 정리하여 그

수와 함께 제시한 것이다.

<그림9>로부터 오사카방언에서 사용되는 담화표식은 예외도 있지만 대부분은 (A)A'~F의 순으로 나타나는 것을 알 수가 있다. 단, 오사카방언에서는 AD, AF, BD, BF, DF 등 2요소가 조합되어 나타나는 경우까지는 그 순서가 비교적 잘 지켜지고 있지만, 3요소 이상이 되면 밑줄 친 부분과 같이 예외가 많아진다. 그 중에서도 특히 자기확인형식인 「ウン, エ, ハイ」(F)의 위치가 자유롭고 이것은 센다이방언, 도쿄방언과 차이를 보이고 있다.

또한 담화표식은 단독이나 두가지가 조합되어 나타나는 패턴이 많고 세가지 이상 조합되어 나타나는 패턴은 매우 적다.

다음으로 각 담화표식이 단독으로 출현하는지, 다른 것과 조합되어 나타나는지를 정리해 보면 <표7>과 같이 된다.

이것을 보면, 오사카방언에서 발화권취득·유지형식인 「ダカラ」(A), 설명개시·누가형식인 「ソレデ, ソシタラ, ソレカラ, ソースルト」(A'), 정보공유확인형식인 「ヤロー(↗), デショー(↗), ナ(↗), ネ(↗), ヨナ(↗), ヨネ(↗), ワナ(↗), ワネ(↗), ヤン」(D), 자기확인형식인 「ウン, エ, ハイ」(F)는 단독으로 나타나는 패턴과 다른 형식과 조합되어 나타나는 패턴이 대체로 같은 정도임을 알 수가 있다. 그러나 정보공유표시형식인 「ヤハリ」(B)는 다른 담화표식과 조합되어 나타나는 패턴의 비율이 높다. 또한 정보공유재확인형식인 「ナ(↗), ネ(↗)」(E)는 정보공유재확인형식이기 때문에 항상 「ヤロー(↗), デショー(↗), ナ(↗), ネ(↗), ヨナ(↗), ヨネ(↗), ワナ(↗), ワネ(↗), ヤン」(D)과 조합되어 나타난다.

<그림9> 담화표식의 조합패턴과 출현수 - 오사카방언 -

조합패턴	수	조합패턴	수	조합패턴	수	조합패턴	수
A	83	B	30	FA	1	A'BFA'D	1
AA'	2	BAF	1	FBF	1	A'BD	2
AA'F	1	BA'BA'	1	FD	3	A'BDE	1
AB	4	BA'D	1	FDF	2	A'BDF	1
ABAF	1	BA'FDF	1	FDA'DF	1	A'BF	3
ABDF	1	BD	10	FA'	1	A'D	41
ABF	5	BDF	3	FA'DF	1	A'DE	1
AD	11	BF	14	FDEF	1	A'DF	5
ADF	2	D	125	A'	278	A'F	130
AFBD	2	DE	7	A'AF	2	A'FA'	2
AF	49	DEF	1	A'ADF	1	A'FD	1
AFA'F	1	DF	42	A'B	6	■만 출현	334
AFD	1	F	287	A'BA'DF	1	무표식	286
						합계 52패턴	1792

<표7> 담화표식의 출현양상 - 오사카방언 -

출현양상 / 담화표식	단독으로 출현	다른 형식과 조합하여 출현	전체
A(ダカラ)	83(49%)	85(51%)	168(100%)
A'(ソレデ)	278(57%)	208(43%)	486(100%)
B(ヤハリ)	30(34%)	58(66%)	88(100%)
D(ヤロー(↗))	125(47%)	143(53%)	268(100%)
E(ナ(↗))	0(0%)	10(100%)	10(100%)
F(ウン)	287(50%)	288(50%)	575(100%)

<표8>은 다음 방법으로 각 담화표식의 조합패턴에서 어떠한 패턴이 많이 나타나는지를 계산하여 1위에서 5위까지 제시한 것이다.

```
각 조합패턴 / 전 조합패턴×100
   =각 조합패턴의 비율
```

<표8> 담화표식의 조합패턴(상위 5위까지) - 오사카방언 -

	각 조합패턴과 그 비율
1	A'「ソレデ」+F「ウン」(152/1792=8.48%)
2	D「ヤロー(↗)」+F「ウン」(69/1792=3.85%)
3	A「ダカラ」+F「ウン」(68/1792=3.79%)
4	A'「ソレデ」+D「ヤロー(↗)」(61/1792=3.40%)
5	B「ヤハリ」+F「ウン」(32/1792=1.79%)

<표8>로부터 오사카방언에서 A'+F, 즉, 「설명개시·누가」(ソレデ)+「자기확인」(ウン)와 같은 패턴이 많이 나타나는 것이 특징적이다. 그 외에, D+F, A+F, B+F, 즉, 「정보공유확인」(ヤロー(↗))+「자기확인」(ウン), 「발화권취득·유지」(ダカラ)+「자기확인」(ウン), 「정보공유표시」(ヤハリ)+「자기확인」(ウン)등, 「정보공유확인」(ヤロー(↗)), 「발화권취득·유지」(ダカラ), 「정보공유표시」(ヤハリ)를 행한 후에 「자기확인」(ウン)을 행하는 패턴이 많은 것도 특징적이다.

5.3.3 오사카방언의 담화전개방법

이상 담화표식의 출현경향으로부터 오사카방언의 담화전개방법을 고찰했다. 그 결과로부터 오사카방언의 특징을 정리하면 오사카방언은 「ソレデ」 등으로 설명의 계속을 단순히 마크해 가면서 「ウン」등에 의해 이야기를 스스로 납득해가면서 이야기를 전개시켜가는 담화전개방법을 취한다고 말할 수 있다. 또한 「ナ」로 상대를 이야기 속으로 끌어들이면서 이야기를 진행시켜가는 것도 특징적이다. 이러한 담화전개패턴은 필자가 수집한 오사카방언의 모든 담화자료에 나타나 그것이 오사카방언의 특징적 담화전개방법이라는 것을 알 수 있다.

그러나 이 특징은 오사카방언의 분석만으로는 충분한 의미를 갖지 못하므로 다른 방언과의 비교를 5.4절에서 행하여 그 속에서 오사카방언의 특징을 밝히기로 한다.

5.4 담화전개방법으로부터 본 세 방언

5.4.1 세 방언의 유사점

이상 센다이방언, 도쿄방언, 오사카방언의 담화전개방법을 검토했다. 여기에서는 이 세 방언을 비교하여 각 방언의 특징을 밝히도록 한다. 단, 이 세 방언의 차이를 고찰하기 전에 세 방언의 공통성을 확인해 둘 필요가 있다. 이제까지의 검토 결과 세 방언에는 오사카방언에서 정보공유환기형식 「ホラ」(C)가 사용되지 않는 것을 빼면, 거의 공통적으로 <그림11>과 같은 종류의 담화표식이 사용되고 있다는 것을 알았다.

　이와 같은 담화표식의 종류와 출현법은 지역차를 넘어서 일본어 담화전체에 공통적으로 나타나는 현상이라고 볼 수 있다. 그러나 실제 어느 방언에서는 사용되지만, 다른 방언에서는 사용되지 않는 담화표식이나 어느 방언에서도 사용되지만 사용빈도에 현저한 차가 있는 담화표식도 존재한다. 이 점에 대해서 다음 5.4.2절에서 검토하기로 한다.

＜그림11＞ 설명적 장면에서 사용되는 담화표식 – 세 방언 공통 –

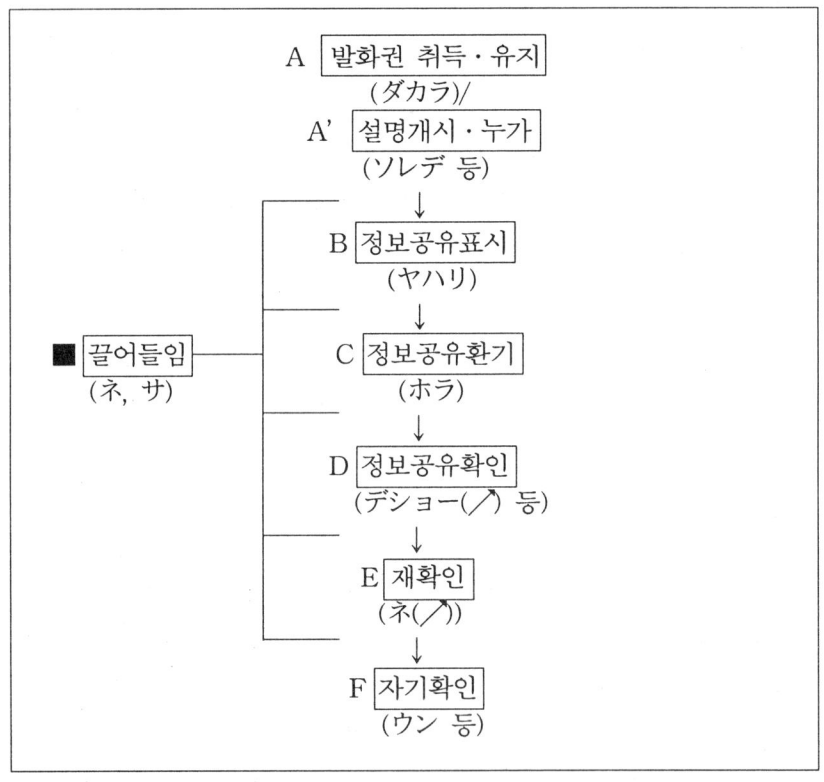

5.4.2 세 방언의 상이점

5.4.2.1 담화표식의 출현빈도로부터 본 세 방언

<표9>는 세 방언의 설명적 장면에서 사용되는 담화표식의 출현빈도의 총평균[2]을 비교하여 나타낸 것이다. ( )안의 숫자는 도쿄방언의 수치를 기준(=1)으로 했을 경우의 센다이방언, 오사카방언의 비율을 나타낸 것이다. 담화표식의 출현빈도는 종류에 따라 차이가 나타나므로 이렇게 함으로서 상대적인 비교가 가능하다고 생각되기 때문이다.

<표9>로부터 각 방언의 담화표식의 출현빈도의 특징을 정리하면 다음과 같다.

(1) 「발화권취득·유지」를 마크하는 담화표식 「ダカラ」(A)는 도쿄 방언, 센다이 방언에서 자주 사용되지만, 오사카방언에서의 사용은 그 반 정도이다. 특히 오사카방언에서는 담화의 선두에서 「발화권의 취득」을 명시하는 「ダカラ」(A)는 거의 사용되지 않는다. 이 「발화권취득·유지」를 마크하는 「ダカラ」(A)의 사용이 도쿄방언, 센다이방언을 특징짓고 있다.

---

2) <표9>에서 각 지역의 한 담화당 담화표식의 평균출현수는 센다이방언에서 10.66회, 도쿄방언에서 8.32회, 오사카방언에서 11.74회로 전반적으로 오사카방언에서 다용되는 경향이 있는 것처럼 보인다. 그러나 각 지역의 한 담화당의 길이의 평균은 센다이 방언의 고년층에서 44.88초이고, 도쿄방언의 고년층에서 38.12초, 오사카방언의 고년층에서 52.39초로 오사카방언에서 가장 길다. 담화표식의 출현빈도는 일반적으로 담화의 길이가 길수록 높아지고, 짧을수록 낮아지는 경향이 있다. 따라서, 한 담화당의 길이가 가장 긴 오사카방언에서 담화표식의 평균출현수가 가장 많은 것은 당연한 일일 것이다. 그러나 각 담화표식의 개별적 성격도 있으므로 일률적으로 판단하기는 어렵다. 따라서 이것을 보정하는 데에는 신중을 기하지 않으면 안 된다. 이 문제에 대해서는 현재 적당한 처리방법이 없으므로 우선 이대로 비교하기로 한다. 그러나 이 점에는 주의가 필요하다.

(2) 「설명개시」를 마크하는 담화표식 「ソレデ」(A')는 어느 방언에서
도 사용빈도가 낮다. 「설명누가」를 마크하는 담화표식 「ソレデ」
(A')는 오사카방언에서 다용되지만, 도쿄방언에서는 사용이 적
고 센다이방언에서는 더욱 빈도가 내려간다. 이 담화의 도중에
서 「설명누가」를 마크하는 「ソレデ」(A')류의 사용은 오사카방
언의 특징이라고 말할 수 있다.

(3) 「끌어들임」담화표식 「ナ, ネ, サ」(■)는 어느 방언에서도 자주
사용되지만, 오사카방언에서 자주 사용되고 도쿄방언에서 조금
적어진다.

(4) 「정보공유표시」를 행하는 담화표식 「ヤハリ」(B)는 도쿄방언, 오
사카방언에 비해 센다이방언에서 많이 사용된다.

(5) 「정보공유환기」를 담당하는 담화표식 「ホラ」(C)는 도쿄방언과
센다이방언에서는 자주 사용되지만, 오사카방언에서는 전혀 사
용되지 않아, 양자가 큰 차이를 보이고 있다. 도쿄방언과 센다이
방언에서는 후자의 사용빈도가 높다.

(6) 「정보공유확인」기능을 하는 담화표식 「デショー(↗), ヤロー
(↗)」(D)는 센다이방언에 가장 많고 도쿄방언에서도 자주 사용
되지만, 오사카방언에서는 상대적으로 적게 나타난다.

<표9> 담화표식의 출현빈도로부터 본 세 방언

담화표식과 기능 지역(담화수)	A ダカラ [발화권 취득]	[발화권 유지]	A' ソレデ [설명 개시]	[설명 누가]	■ ナ・ネ・サ [끝어들임]	B ヤハリ [정보 공유 표시]	C ホラ [정보 공유 환기]	D デショー(ノ)・ヤロー(ノ) [정보 공유 확인]	E ナ(ノ)・ネ(ノ) [念押し]	F ウン [자기 확인]	1담화당 담화표식의 평균 출현수
東京方言 (276)	0.2	1.05	0.01	0.53	3.53 (1)	0.43 (1)	0.24 (1)	1.41 (1)	0.05 (1)	0.87 (1)	8.32 (1)
	1.25(1)		0.54(1)								
大阪方言 (282)	0.03	0.6	0.02	1.84	5.48 (1.55)	0.46 (1.07)	0 (0)	0.96 (0.68)	0.04 (0.8)	2.31 (2.66)	11.74 (1.41)
	0.63(0.5)		1.86(3.44)								
仙台方言 (410)	0.24	0.94	0.03	0.24	4.51 (1.28)	0.75 (1.74)	0.56 (2.33)	1.75 (1.24)	0.22 (4.4)	1.42 (1.63)	10.66 (1.28)
	1.18(0.94)		0.27 (0.5)								

(7) 「정보공유재확인」의 담화표식 「ナ(↗), ネ(↗)」(E)는 어느 방언에서도 사용빈도가 낮으므로 단언할 수 없지만 다른 방언에 비해 센다이방언의 사용이 눈에 띄게 많아 이 방언의 특징이 되고 있다.

(8) 「자기확인」기능을 하는 담화표식 「ウン, ハイ」(F)는 오사카방언에서 다용되는데 반해, 센다이방언에서 적게 사용되고 도쿄방언에서 더욱 빈도가 내려가 세 방언에서 차이가 나타난다.

이상으로부터 각 방언의 설명적 장면에서 사용되는 담화표식의 출현빈도는 지역에 따라 차이가 나타난다는 것이 밝혀졌다.

5.4.2.2 담화표식의 조합패턴으로부터 본 세 방언

다음 <표10>은 각 방언에서 다용되는 담화표식의 조합패턴을 각 방언별로 1위부터 5위까지 정리하여 나타낸 것이다.

<표10> 담화표식의 조합패턴으로 본 세 방언(상위 5위까지)

지역 순위	도쿄	오사카	센다이
1	A+D (115/1561=7.37%)	A'+F (152/1792=8.48%)	D+F (176/1876=9.38%)
2	D+F (64/1561=4.10%)	D +F (69/1792=3.85%)	A+D (172/1876=9.17%)
3	A+F (57/1561=3.65%)	A +F (68/1792=3.79%)	B+D (135/1876=7.20%)
4	B+D (52/1561=3.33%)	A'+D (61/1792=3.40%)	D+E (90/1876=4.80%)
5	C+D (36/1561=2.31%)	B+F (32/1792=1.79%)	C+D (89/1876=4.74%)

<표10>에서 담화표식의 조합패턴을 보면 도쿄방언과 센다이방언에 서는 A+D, 즉, 「발화권취득・유지」(ダカラ)+「정보공유확인」(デショー(↗))과 같은 조합패턴이 자주 사용되고 있다는 것을 알 수 있다. 도 쿄방언과 센다이방언은 또한, B+D, C+D, 즉 「정보공유표시」(ヤハリ)+「정보공유확인」(デショー(↗)), 「정보공유환기」(ホラ)+「정보공유확인」(デショー(↗))과 같이 「정보공유표시」(ヤハリ)나 「정보공유환기」(ホ ラ)를 행한 후에 「정보공유확인」(デショー(↗))을 행하는 패턴이 눈에 띄는데, 특히 센다이방언에서는 그 경향이 현저하다. 또한 센다이방언 에서는 D+F, D+E, 즉 「정보공유확인」(デショー(↗))+「자기확인」(ウ ン), 「정보공유확인」(デショー(↗))+「정보공유재확인」(ネ(↗))과 같 은 패턴이 자주 출현하는데, D+F(「정보공유확인」(デショー(↗))+「자 기확인」(ウン))과 같은 패턴은 도쿄방언, 오사카방언에도 어느 정도 나

타난다. 그러나 D+E(「정보공유확인」(デショー(↗))+「정보공유재확
인」(ネ(↗)))과 같은 패턴은 센다이방언에서 자주 나타나는 것으로 보
아 센다이방언의 특징이라고 말할 수 있을 것 같다. 도쿄방언에서는
A+F, 즉 「발화권취득・유지」(ダカラ)+「자기확인」(ウン)과 같은 패턴
도 자주 사용되고 있는데, 이는 오사카방언에서도 자주 사용되고 있다.
한편, 오사카방언에 현저한 것은 A'+F, 즉 「설명개시・누가」(ソレデ)+
「자기확인」(ウン)과 같은 패턴이다. 그 외에 D+F, A+F, B+F, 즉 「정
보공유확인」(ヤロー(↗))+「자기확인」(ウン), 「발화권취득・유지」(ダ
カラ)+「자기확인」(ウン), 「정보공유표시」(ヤハリ)+「자기확인」(ウン)
과 같이 문말을 「자기확인」(ウン)으로 끝내는 패턴이 많은 것이 특색
이라고 말할 수 있다.

　　이상으로부터 담화표식의 조합패턴에는 어느 정도 공통성이 나타나
지만 지역차가 인정된다는 것이 밝혀졌다.

5.5 본장의 결론

　　이상 담화표식의 출현빈도와 조합패턴으로부터 센다이방언, 도쿄방
언, 오사카방언의 담화표식의 출현경향을 비교했다. 그 결과 각 방언의
설명적 장면에서 사용되는 담화표식의 종류는 5.4.1절에서 제시한 바
와 같이 공통성이 인정되지만, 담화표식의 출현빈도와 조합패턴에는
5.4.2절과 같이 지역차가 인정된다는 것이 밝혀졌다.

　　여기에서는 센다이방언, 도쿄방언, 오사카방언 등, 일본어 방언의 담
화전개방법의 지역차에 대해 정리한다. 단 센다이방언과 오사카방언의

특징이 강하게 나타나므로 이 두 방언을 먼저 해설하고 마지막에 도쿄
방언에 대해 정리하기로 한다.

(1) 센다이방언의 담화전개의 특징

① **상대로의 정보공유 호소** : 센다이방언의 설명적 장면에서는 「정
보공유표시」(ヤハリ), 「정보공유환기」(ホラ), 「정보공유확인」(デ
ショー(↗)), 「정보공유재확인」(ネ(↗))의 사용빈도가 다른 두
방언에 비해 매우 높다는 것이 최대의 특징이다. 이 특징은 조합패
턴에도 자주 나타나 「정보공유표시」, 「정보공유환기」에 「정보공
유환기」를 행하는 패턴이나 「정보공유확인」(デショー(↗))을 행
한 후에 「정보공유재확인」(ネ(↗))을 행하는 패턴이 눈에 띈다.
이와 같이 센다이방언은 정보의 공유를 적극적으로 상대에게 호
소해 가면서 담화를 전개하는 방언이라고 말할 수가 있다. 이 방언
과는 반대로 오사카방언은 「정보공유확인」(ヤロー(↗))이나 「정
보공유재확인」(ナ(↗))의 사용이 적고 「정보공유환기」(ホラ)형식
을 전혀 사용하지 않는 등 정보공유에 대한 호소는 매우 약하다.

② **자신의 발화권의 어필** : 「발화권취득・유지」(ダカラ)의 사용률
이 오사카방언보다 명확하게 높은 것도 특징적이다. 즉, 센다이방
언은 담화의 개시에 있어서도 도중에 있어서도 항상 발화권이 자
신에게 있음을 어필하면서 이야기를 전개시켜가는 방언이라 생각
된다. 상기 ①의 상대로의 정보공유 호소와 같은 특징과 함께 상
대에 대해 「발화권취득・유지」(ダカラ)를 명시하면서 「정보 공
유확인」(デショー(↗))을 행하는 패턴이 많은 것이 특징이다.

(2) 오사카방언의 담화전개의 특징

① **화자 자신에 의한 정보내용의 확인** : 「자기확인」(ウン)의 사용 빈도가 다른 방언보다 높은 것이 하나의 특징이다. 오사카방언은 정보내용에 대해 센다이방언의 「정보공유환기」(ホラ), 「정보공유 확인」(デショー(↗)), 「정보공유 재확인」(ネ(↗))과 같이 상대와의 정보공유에 힘을 쏟기보다 「자기확인」(ウン)을 행함으로서 이야기를 스스로 납득하면서 담화를 전개시켜가는 방언이라고 말할 수 있다.

② **설명계속의 단순표시** : 「설명누가」(ソレデ) 담화표식의 사용이 매우 많은 것도 오사카방언의 특징이다. 이 형식은 센다이방언에 많이 나타나는 「발화권취득·유지」(ダカラ)와 같이 자기 어필에 관계되는 것이 아니라 단순히 설명을 계속해 가기 위한 신호에 불과하다. 오사카방언은 이야기를 진행할 때에 설명의 계속을 담담히 마크해가는 것을 선호하는 방언이라고 말할 수 있다. 상기 ①의 화자 자신에 의한 정보내용의 확인과 같은 특징과 더불어 오사카방언에서는 「설명누가」(ソレデ)를 명시하면서 「자기확인」 (ウン)으로 이야기를 맺어가는 조합패턴이 눈에 띈다.

(3) 도쿄방언의 담화전개의 특징

위에서 본 센다이방언, 오사카방언의 특징별로 도쿄방언을 검토해 본다.

① **센다이방언의 「①상대로의 정보공유 호소」** : 이것에 관련되는 담화표식의 출현법이 대체적으로 센다이방언과 오사카방언의 중간정도에 위치한다. 단, 「정보 공유표시」(ヤハリ)나 「정보공유

환기」(ホラ)를 행한 후에 「정보공유확인」(デショー(↗))을 하는
패턴이 센다이방언과 유사하다.

② **센다이방언의 「②자신의 발화권의 어필」** : 「발화권취득·유
지」(ダカラ)의 출현상황이 센다이방언과 거의 같아 이 특징을 도
쿄방언도 가지고 있다고 말할 수 있다.

③ **오사카방언의 「①화자 자신에 의한 정보내용의 확인** : 「자기
확인」(ウン)의 담화표식의 사용빈도가 가장 낮아 오사카방언과
대조를 보인다.

④ **오사카방언의 「②설명계속의 단순표시」** : 「설명누가」(ソレ
デ)의 사용이 센다이방언과 비슷할 정도로 적어 오사카방언과 큰
차이를 보인다.

이상 담화표식의 출현경향 면에서 세 방언의 담화전개방법에 대해
검토했다. 결론적으로 센다이방언과 오사카방언은 각각 대조적인 하나
의 전형으로 파악할 수 있다. 즉 센다이방언은 「ダカラ」로 자신이 발화
권을 가지고 있음을 어필하고 「정보공유환기」(ホラ), 「정보공유확인」
(デショー(↗)), 「정보공유재확인」(ネ(↗)) 등으로 정보의 공유를 적극
적으로 호소해 가는 방언으로, 한마디로 말해 자신의 이야기를 상대에
게 이해시키려고 노력하는 「타자설득형」의 방언이라 말할 수 있다. 한
편 오사카방언은 그러한 상대에 대한 호소는 소극적이고 「ソレデ」등으
로 이야기의 진행을 단순히 마크해가면서 「ウン」등으로 스스로 납득하
는 점에 주안을 두는 「자기납득형」의 방언이라고 말할 수 있다. 도쿄방
언은 총합적으로 보아 양자 사이에 위치하지만, 센다이방언에 보다 가
까운 면을 지니고 있다고 판단할 수 있다.

───────── **제6장** ─────────
담화전개방법의 사회적변이
- 센다이방언을 예로서 -

6.1 본장의 목적

 제4장에서는 센다이방언의 전통적 담화전개방법을 밝히기 위해 고년층 화자가 설명적 장면에서 어떠한 담화표식을 어떻게 사용하여 이야기를 전개시켜 나가는지를 담화표식의 출현경향을 분석함으로서 고찰했다. 또한, 제5장에서는 도쿄방언, 오사카방언의 고년층의 담화전개방법을 고찰하고, 여기에 센다이방언을 첨가하여 세 방언의 담화전개방법의 지역차를 밝혀냈다.

 그러나 방언연구에서는 이러한 지리적변이(지역차)의 문제와 함께 사회적변이(세대차)도 중요한 위치를 차지하고 있다. 실제 일상 회화를 관찰해 보면 담화전개방법에는 지역에 의한 차이뿐만 아니라 세대에 의한 차이도 인정될 것이라 예상된다. 따라서 본 장에서는 담화전개방법의 세대차를 밝히기 위해 센다이 방언을 예로 들어 고년층, 약년층 두 세대를 다룸으로서 각 세대 간의 담화전개방법이 어떻게 다른지를 고찰하기로 한다. 단, 고년층에 대해서는 제4장에서 자세히 다루었으므로 그 결과만을 제시하고 여기에서는 약년층을 중심으로 고찰하도록 한다.

6.2 고년층의 담화전개방법

　제4장에서는 센다이방언의 고년층 화자가 설명적 장면에서 어떠한 담화표식을 어떻게 사용하여 이야기를 전개시켜 나가는지를 담화표식의 출현경향을 분석함으로서 밝혀냈다. 그 결과 센다이방언의 고년층 화자는 「ダカラ」(A)로 발화권취득・유지를 명확하게 표명, 혹은 「ソレデ」(A')로 설명을 개시・누가하고 「ネ, サ」(■)로 상대를 이야기 속으로 끌어들이며 「ヤハリ」(B)로 정보의 공유를 전제로 하고 있다는 것을 상대에게 나타내면서 이야기를 전개시켜 간다는 것을 알았다. 또한, 「ホラ」(C)로 정보의 공유를 환기하고 「デショー(↗), ネ(↗), ヨネ(↗), ッチャ, ッチャネ(↗)」(D)로 정보의 공유를 확인함과 동시에 「ネ(↗)」(E)로 정보의 공유를 재확인하고 「ウン, エ」(F)로 자기확인하면서 이야기를 전개시켜 간다는 것을 밝혀냈다.

　그 중에서도 특히 끌어들임형식인 「ネ, サ」(■)의 출현빈도가 높고 발화권취득・유지를 위한 「ダカラ」(A)나 정보공유확인형식인 「デショー(↗), ネ(↗), ヨネ(↗), ッチャ, ッチャネ(↗)」(D), 자기확인형식인 「ウン, エ」(F)도 자주 사용되고 있다는 것을 알았다.

　담화표식의 조합패턴에서는 「정보공유확인」(デショー(↗))+「자기확인」(ウン), 「발화권취득・유지」(ダカラ)+「정보공유확인」(デショー

(↗))과 같은 패턴이 자주 사용되고 있는데 B+D, C+D와 같은 「정보공유표시」(ヤハリ)나 「정보공유환기」(ホラ)를 행한 후에 「정보공유확인」(デショー(↗))을 행하는 패턴도 눈에 띤다. 또한 센다이방언에서는 D+E, 즉, 「정보공유확인」(デショー(↗))+「정보공유재확인」(ネ(↗))과 같은 패턴도 많이 나타난다. 자세한 것은 제4장을 참고하기 바란다.

이하, 6.3절에서는 약년층의 담화전개방법을 고찰하여 센다이방언의 담화전개방법의 세대차에 대해 밝히도록 한다.

6.3 약년층의 담화전개방법

6.3.1 담화표식과 기능

센다이방언의 약년층 화자는 설명적 장면에서 여러 가지 형식의 담화표식을 사용하여 이야기를 전개시킨다. 그 중에서도 특히, 「ダカラ」「ソレデ」「ソシタラ」「ソレカラ」「ソースルト」「ヤハリ」「ホラ」「ネ」「サ」「デショー」「ヨネ」「ジャナイ」「ウン」「エ」「ハイ」(대표형)와 같은 담화표식을 사용하여 이야기를 전개시켜나가는 경향이 있다. 이러한 형식의 품사는 접속사, 부사, 감동사, 간투조사, 종조사, 조동사 등 다양하지만, 어떤 형식도 담화 속에서 효과적인 정보전달에 중요한 역할을 하고 있다.

따라서 여기에서는 센다이방언의 약년층의 담화자료를 검토하여 이들 담화표식이 담화 속에서 어떻게 기능하는지, 그 한 가지 한 가지 형식의 기능에 대해 검토했다. 검토 결과, 약년층에서 사용되는 담화표식은 고년층에서 사용되는 담화표식과 구체적 형식은 조금씩 다르지만, 기능면에서의 차이는 인정되지 않는다는 것을 알았다. 따라서 여기에서는 제4장에서의 센다이방언의 고년층의 결과를 참고로 고찰을 진행시키도록 한다. 센다이방언의 약년층에서 사용되는 담화표식과 그 기능에 대해 검토한 결과를 나타낸 것이 <표1>이다.

<표1> 설명적장면에서 사용되는 담화표식과 기능
- 센다이방언의 약년층 -

기호	대표형	구체적 형식	기능
A	ダカラ	ダカラ, ダカラー, ダカ, ダーラ, ダー, ダ, ンダ	**발화권취득** 담화의 모두에 사용되어 상대로부터 발화권을 받는다. **발화권유지** 담화의 도중에 사용되어 계속해서 이야기를 진행시키려는 화자의 의지를 상대에게 나타냄으로서 발화권을 유지한다.
A'	ソレデ/ ソシタラ/ ソレカラ/ ソースルト	ソレデ, ソンデ, ンデ, デ/ ソシタラ/ ソレカラ/ ソースルト	**설명개시** 담화의 모두에 사용되어 설명을 개시한다. **설명누가** 담화의 도중에 사용되어 설명을 첨가한다.
■	ネ(間・終)/ サ	ネ, ネー/ サ, サー	**끌어들임** 그때까지의 이야기를 상대가 이해하고 있는지를 확인하여 계속해서 상대를 이야기 속에 끌어들이면서 이야기를 전개한다.
B	ヤハリ	ヤハリ, ヤッパリ, ヤッパ	**정보공유표시** 정보의 공유를 전제로 이야기를 진행시키고 있다는 것을 상대에게 나타낸다.

C	ホラ	ホラ	**정보공유환기** 화자가 이전 공유하고 있었던 정보나 앞으로 공유가능하다고 판단되는 정보의 공유를 상대에게 환기시킨다.
D	デショー($\nearrow$)/ ネ($\nearrow$)(終・感)/ ヨネ($\nearrow$)/ ジャナイ	デショー($\nearrow$), デショ($\nearrow$)/ ネ($\nearrow$), ネー($\nearrow$)/ ヨネ($\nearrow$), ヨネー($\nearrow$), ヨナ($\nearrow$)/ ジャナイ, ジャン, ジャナイデスカ	**정보공유확인** 상대에게 정보의 공유를 적극적으로 요구하여 그에 대해 확인한다.
E	ネ($\nearrow$)(感)	ネ($\nearrow$), ネー($\nearrow$)	**정보공유재확인** 정보의 공유를 다시 한번 확인한다.
F	ウン/ エ/ ハイ	ウン, ウーン/ エ/ ハイ	**자기확인** 그때까지의 이야기를 스스로 정리하여 자기 확인하고 그렇게 함으로서 상대도 납득시켜가며 이야기를 전개한다.

이하 6.3.2절에서는 이와 같은 담화표식의 출현경향, 즉 담화표식의 출현빈도와 조합패턴을 구체적 사례와 함께 제시함으로서 센다이방언의 약년층의 담화전개방법에 대해 고찰한다. 우선 담화의 구체적 사례를 관찰하고 담화표식의 출현빈도, 조합패턴을 검토하기로 한다.

6.3.2 담화표식의 출현경향

6.3.2.1 담화전개의 사례분석

센다이방언의 약년층의 담화전개방법을 밝히기 위해 여기에서는 조사해서 얻어진 담화자료 중에서 약년층 화자의 담화전개의 특징을 전형적으로 나타내고 있는 다음 세 장면을 고찰한다. <표1>에서 제시한 담화표식을 사용하여 담화를 전개하고 있는 구체적 사례가 담화자료1, 2, 3이다.

담화자료1 여행에 관한 이야기
(쇼와 47년생, 여성, 당시 30세, 주부)

1	① ウーン デモ リョコーワ ケッコー⊠ネ スキナンデスヨ
2	② ⊠デ カイモノ アンマ シナインデス⊠ネ
3	③ ヨク ニホンジンテ コー ブランド カッタリ スルジャナイデスカ
4	④ ソーユーノワ モー ナインデ
5	⑤ サイショワ シンコンリョコー イッタ トキワ マ タシカ⊠ネ モー イロイロ ビトン ホシートカ アッタンデスケド モー イマ ワ ソノ ソッチニ イッタラ ソノ トチノ タノシミカタトイウ ノガ ⊠ヤッパ アル⊠ジャナイデスカ
6	⑥ ⊠ダカラ ソーユーノ イロイロ タノシミタイナッテユー トコロ デ ⊠ウン アンマリ カイモノ シナイカラ ホントーニ リョヒダケ ニ オカネオ ツカエルシ
7	⑦ アト アノ ジェーティービートカノ ツアージャナクテ インター ネットデ サガシテ ジブンタチデ コークーケンオ トッテ イク ト スゴイ ヤスク イケタリ スルカラ
8	⑧ ウチノ ダンナガ スキナンデス⊠ネ ソーユー プラン タテタリス ルノ ⊠ウン
9	⑨ ⊠ダカラ ソーユーノ マカセテ オカネノ ケーサン ゼンブ マカセ テ イクンデスケド

<공통어역>

① ううん, でも旅行は結構ね, 好きなんですよ。
② で, 買い物あんまりしないんですね。
③ よく日本人て, こうブランド買ったりするじゃないですか。
④ そういうのはもうないので。
⑤ 最初は新婚旅行行った時はまあ, 確かにね, もう色々ビトンほしいとかあったんですけど, もう今はそのそっちに行ったら, その土地の楽しみ方というのがやっぱりあるじゃないですか。
⑥ だから, そういうの, いろいろ楽しみたいなというところで, うん, あんまり買い物しないから, 本当に旅費だけにお金を使えるし。
⑦ あと, あのジェーティービーとかのツアーじゃなくて, インターネットで探して自分たちで航空券を取っていくと, すごく易く行けたりするから。
⑧ うちの旦那が好きなんですね, そういうプラン立てたりするの, うん。
⑨ だから, そういうの, 任せて, お金の計算全部任せて行くんですけど。

담화자료1은 여행에 관한 이야기로 화자는 정보내용을 상대에게 전달하기 위해 여러 가지 담화표식을 사용하면서 이야기를 전개시키고 있다. 우선 1에서 화자는 「ネ」로 상대를 「旅行は結構好きだ(여행은 꽤 좋아한다)」라는 이야기 속으로 끌어들이면서 이야기를 전개시키고 있다. 2에서는 「デ(=ソレデ)」로 「買い物はあまりしない(쇼핑은 별로 하지 않는다)」라는 설명을 누가하고 「ネ」로 상대를 이야기 속으로 끌어들이면서 이야기를 진행시키고 있다. 3에서는 「ジャナイデスカ」로

「日本人はよくブランドのものを買う(일본인은 명품을 자주 산다)」라는 정보의 공유를 확인하면서 이야기를 진행시키고 있다. 5에서 화자는 「ヤッパ(=ヤハリ)」로 「ある地域に行ったら, その地域の楽しみ方がある(어느 지역에 가면 그 지역을 즐기는 법이 있다)」라는 정보의 공유를 전제로 하고 있다는 것을 상대에게 나타내고 「ジャナイデスカ」로 그 정보의 공유를 확인하면서 이야기를 진행시키고 있다. 6에서는 「ダカラ」로 발화권을 유지하여 「そういうもの(その地域の楽しみ)を楽しみたいという事情があり, あまり買い物はしないので本当に旅費だけにお金を使える(그 지역을 즐기고 싶어 별로 쇼핑은 하지 않기 때문에 여비에만 돈을 쓸 수 있다)」라는 설명을 첨가하고 「ウン」으로 자기확인하면서 이야기를 진행시키고 있다. 8에서는 「ネ」로 상대를 「旦那が旅行のプランを立てたりするのが好きだ(남편이 여행 계획 세우는 것을 좋아한다)」라는 이야기 속으로 끌어들이고 「ウン」으로 자기확인하면서 이야기를 진행시킨다. 9에서는 「ダカラ」로 발화권을 유지하여 「旅行の計画やお金の計算を全部旦那に任せて旅行に行く(여행 계획이나 돈 계산을 전부 남편에게 맡기고 여행 간다)」라는 설명을 첨가하면서 이야기를 진행시키고 있다.

담화자료1로부터 화자는 「ダカラ」(A), 「ソレデ」(A'), 「ネ」(■), 「ヤハリ」(B), 「ジャナイデスカ」(D), 「ウン」(F)등과 같은 담화표식을 사용하면서 이야기를 진행시키고 있다는 것을 알 수 있다.

이 담화자료1에서 담화표식만을 꺼내서 담화표식의 조합패턴을 나타낸 것이 <그림1>이다. <그림1>의 기호는 <표1>의 기호와 대응된다. 담화표식의 조합패턴에 대해서는 6.3.2.3절에서 자세히 다루기로 한다.

<그림1> 담화표식의 조합패턴

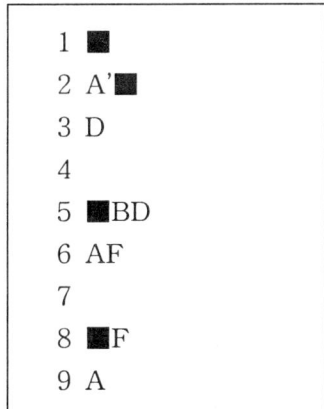

<그림1>로부터 알 수 있듯이 담화자료1에서 특징적인 것은 「ダカラ」(A)로 발화권을 유지하여 설명을 첨가, 「ネ」(■)로 상대를 이야기 속으로 끌어들이며 「ジャナイデスカ」(D)로 정보의 공유를 확인하고 「ウン」(F)으로 자기확인하면서 이야기를 진행시키고 있다는 것이다. 또한, 「ソレデ」(A')로 설명을 첨가하고 「ヤハリ」(B)로 정보의 공유를 전제로 하고 있다는 것을 상대에게 나타내면서 이야기를 진행시키고 있는 것도 특징적이다. 이러한 담화전개의 패턴은 다음 담화자료2에서도 나타난다.

담화자료2 센다이의 날씨에 관한 이야기
(쇼와 49년생, 남성, 당시 27세, 대학원생)

1	① アツイ コトワ冈 キョネン オトトシワ スゴイ アツカッタ デショー(↗) タシカ
2	② マ センダイニシテワ カナリ アツインダケド アンナ コトワ ナイ冈 フツーワ冈
3	③ ダッテ ホントー冈 アノ ナツノ シチガツトカ ハチガツノ サナカデモ サイコー キオン ニジュードトカ サ ウン ④ スゴイ ハダザムイ ノ冈
4	⑤ ソーナルト スコシ冈 ウン イチマイ ナンカ ハオッタ ホーガ イークライノ ウン キオンダッタリスルノガ フツーッテユーカ ソーユー ナツノ ホーガ オーカッタ ウン
5	⑥ サイキンワ アツイ冈

<공통어역>

① 暑いことはね, 去年, 一昨年はすごく暑かったでしょう(↗), 確か。 ② まあ, 仙台にしてはかなり暑いんだけど, あんなことはないね, 普通はね。 ③ だって, 本当ね, あの夏の7月とか8月の最中でも最高気温20度とかさ, うん。 ④ すごく肌寒いのね。 ⑤ そうなると少しね, うん, 一枚なんか羽織った方がいいくらいの, うん, 気温だったりするのが普通というか, そういう夏の方が多かった, うん。 ⑥ 最近は暑いね。

　담화자료2는 센다이의 날씨에 대한 이야기로 화자는 여러 가지 담화표식을 사용하면서 이야기를 진행시키고 있다. 우선 1에서 화자는 「ネ」로 상대를 「確かに去年, 一昨年はすごく暑かった(분명히 작년, 재작년은 매우 더웠다)」라는 이야기 속으로 끌어들이고 「デショー(↗)」로 정보의 공유를 확인하면서 이야기를 진행시키고 있다. 2에서는 「ネ」로 상대를 「(去年, 一昨年は)仙台にしてはかなり暑かったけど, あのようなことは普通はない(작년, 재작년은 센다이치고는 매우 더웠는데 그런 일은 보통 없다)」라는 이야기 속으로 끌어들이면서 이야기를 진행시키고 있다. 3에서는 「ネ, サ」로 상대를 「(仙台は)本当は夏の7月とか8月の最中でも最高気温が20度くらいで, すごく肌寒い(센다이는 원래 7월이나 8월 한창 더울 때라도 최고기온이 20도 정도로 매우 서늘하다)」라는 이야기 속으로 끌어들이고 「ウン」으로 자기확인하면서 이야기를 진행시키고 있다. 4에서는 「ネ」로 상대를 이야기 속으로 끌어들이고 「ウン」(3회)으로 「そうなると, (最高気温が20度くらいだとすごく肌寒いから)少し一枚羽織った方がいいくらいで, そういう夏の方が普通で多かった(그렇게 되면 옷 하나 걸치는 것이 좋을 정도인데 이제까지 보통 그런 여름이 많았다)」라는 이야기에 대해 자기확인하면서 이야기를 진행시키고 있다. 5에서는 「ネ」로 상대를 「最近は暑い(최근은 덥다)」라는 이야기 속으로 끌어들이면서 이야기를 진행시키고 있다.

　담화자료2로에서도 화자는 「ネ, サ」(■), 「デショー(↗)」(D), 「ウン」(F) 등 여러가지 담화표식을 사용하면서 이야기를 진행시키고 있다는 것을 알 수 있다.

　이 담화자료2에서 담화표식만을 꺼내서 담화표식의 조합패턴을 나타낸 것이 <그림2>이다.

<그림2> 담화표식의 조합패턴

```
1 ■D
2 ■■
3 ■■F■
4 ■FFF
5 ■
```

<그림2>로부터도 알 수 있듯이 담화자료2에서 특징적인 것은 「ネ,
サ」(■)로 상대를 이야기 속으로 끌어들이고 「ウン」(F)으로 자기확인
하면서 이야기를 진행시키고 있다는 것이다. 또한, 「デショー(↗)」(D)
로 정보의 공유를 확인하면서 이야기를 진행시키고 있는 것도 특징적이
다. 이와 같이 담화자료2도 담화자료1과 어느 정도 유사한 패턴이 인정
된다. 다음 담화자료3에서도 이러한 패턴은 나타난다.

담화자료3 센다이방언에 대한 이야기
(쇼와 49년생, 여성, 당시 27세, 학생)

1	① アト ヨク コワイ カンジガ スルッテ イワレルノデ センダイベンワ
2	② ソレデ モシカシテ ツカワナイ ヒトモ イルカナト
3	③ コドモノ コロワ オヤニ ナンカ チョット「センダイベン チョット キコエガ コワイヨネ(↗)」ッテ イワレテ「ウーン」ト オモッタケド
4	④ ジョシコーセーワ ナマッテイルヨ リッパニ
5	⑤ デ タシカニ ハナシ カケラレルト「コワイゾ」ト オモウケド

6	⑥ ウーン アンマリ ソーダ ネ ジョシコーセークライノ ナマッテ イル ヒトワ テーネーゴ ケーゴトカモ アルンダケド センダイ ベンニ アルケド ソレワ アンマリ ツカッテ ナイカナ
7	⑦ ヤッパリ オバサン イナカノ オバサントカガ ヨク ツカッテ イルカラ ソーユー ヒトタチワ モー センダイベンダケデ クラ シテ イケルンダケド センダイベンオ ハナス ワカイ ヒトワ ア ンマリ テーネーナ カンジノ センダイベンワ ツカワナイノデ テーネーナ ハナシオ シナキャイケナイト ヒョージュンゴニ ナッチャウカモシレナイ ⑧ ナマッテイルケド コトバワ ヒョージュンゴ ツカオートスルノ カモシレナイ

＜共通語訳＞

① あと，よく怖い感じがすると言われるので，仙台弁は。
② それで，もしかして使わない人もいるかなと。
③ 子供の頃は親に，なんか，ちょっと「仙台弁ちょっと聞こえが怖い よね(↗)」と言われて「ううん」と思ったけど。
④ 女子高生は訛っているよ，立派に。
⑤ で，確かに，話しかけられると「怖いぞ」と思うけど。
⑥ ううん，あんまりそうだね，女子高生くらいの訛っている人は丁寧 語，敬語とかもあるんだけど，仙台弁にあるけど，それはあんまり 使っていないかな。
⑦ やっぱり，おばさん，田舎のおばさんとかがよく使っているから，そう いう人達はもう仙台弁だけで暮らしていけるんだけど，仙台弁を話す 若い人はあんまり丁寧な感じの仙台弁は使わないので，丁寧な話をし なければならないと標準語になってしまうかも知れない。
⑧ 訛っているけど，言葉は標準語使おうとするかも知れない。

담화자료3은 센다이방언에 대한 이야기로 화자는 여러 가지 담화표식을 사용하면서 이야기를 전개시키고 있다. 우선 2에서는「ソレデ」로「(仙台弁はよく怖い感じがすると言われるので)仙台弁を使わない人もいる(센다이방언은 자주 무서운 느낌이 든다고 일컬어지므로 센다이방언을 쓰지 않는 사람도 있다)」라는 설명을 첨가하면서 이야기를 진행시키고 있다. 5에서는「デ(=ソレデ)」로「(仙台弁は怖い感じがするから)確かに, 話しかけられると怖いと思う(센다이방언은 무서운 느낌이 들기 때문에 누군가 센다이 방언으로 말을 걸면 무섭다는 생각이 든다)」라는 설명을 첨가하며 이야기를 진행시킨다. 6에서는「ネ」로 상대를「仙台弁には丁寧語, 敬語などもあるんだけど, 女子高生くらいの訛っている人は, それはあまり使っていない(센다이방언에는 정중어, 경어가 있지만 방언을 쓰는 여고생들은 별로 사용하지 않는다)」라는 이야기 속으로 끌어들이면서 이야기를 전개시킨다. 7에서는「ヤッパリ(=ヤハリ)」로「田舎のおばさんなどは仙台弁をよく使っているから, そういう人達は仙台弁だけで暮らしていける(시골의 아주머니 등은 센다이방언을 자주 사용하고 있기 때문에 그런 사람들은 센다이방언만으로 살아갈 수 있다)」라는 정보의 공유를 전제로 하고 있다는 것을 상대에게 나타내면서 이야기를 전개시키고 있다.

담화자료3으로부터 화자는「ソレデ」(A'),「ネ」(■),「ヤハリ」(B) 등과 같은 담화표식을 사용하면서 이야기를 전개시키고 있다는 것을 알 수 있다.

이 담화자료3에서 담화표식만을 꺼내서 담화표식의 조합패턴을 나타낸 것이 <그림3>이다.

<그림3>으로부터도 알 수 있듯이 담화자료3에서 특징적인 것은

「ソレデ」(A')로 설명을 첨가하고 「ネ」(■)로 상대를 이야기 속으로 끌어들이면서 이야기를 진행시키고 있다는 것이다. 또한 「ヤハリ」(B)로 정보의 공유를 전제로 하고 있다는 것을 상대에게 제시하면서 이야기를 전개시키고 있다는 것도 특징적이다.

이와 같이 담화자료3도 담화자료1, 2와 어느 정도 유사한 패턴이 인정된다는 것을 알았다.

<그림3> 담화표식의 조합패턴

```
1
2 A'
3
4
5 A'
6 ■
7 B
```

이상, 센다이방언의 약년층의 담화전개방법을 구체적 사례를 통해 검토했다. 센다이방언의 약년층에서 사용되는 담화표식의 종류와 그 기능으로부터 본 담화전개방법을 정리하면 다음과 같이 된다.

센다이방언의 약년층 화자는 「ダカラ」(A)로 발화권취득·유지를 명확하게 표명, 혹은 「ソレデ」(A')로 설명을 개시·누가하면서 이야기를 전개시킨다. 또한 「ヤハリ」(B)로 정보의 공유를 전제로 하고 있다는 것을 명시, 「ホラ」(C)로 정보의 공유를 환기하고, 「デショー(↗), ネ(↗), ヨネ(↗), ジャナイ」(D)로 정보의 공유를 확인함과 동시에 「ネ(↗)」(E)

로 정보의 공유를 재확인하면서 이야기를 진행시킨다. 또한, 「ウ, サ」
(■)로 상대를 이야기 속으로 끌어들이거나 「ウン, エ, ハイ」(F)로 자기
확인하면서 이야기를 전개시키고 있다는 것이 밝혀졌다. 이러한 담화전
개방법은 센다이방언의 약년층의 여러 담화자료에 나타난다.

다음의 6.3.2.2절에서는 이들 담화표식의 출현빈도를 모두 제시함으
로서 센다이방언의 약년층에서 담화표식이 어느 정도 사용되어 담화가
전개되는지를 검토한다.

6.3.2.2 담화표식의 출현빈도

센다이방언에서 대상으로 한 약년층 10명의 담화표식의 출현빈도를
조사한 결과를 정리한 것이 <표2>이다[1].

<표2>로부터 화자에 따라 담화표식의 출현빈도는 조금씩 다르지만,
대략 비슷한 경향을 나타내는 것을 알 수 있다. 따라서 본 연구에서는
<표2>의 총평균을 기초로 논을 전개시키기로 한다.

<표2>로부터 우선 「ダカラ」(A)의 발화권취득용법의 출현빈도는 1
담화당의 총평균이 0.11로 매우 적은 것을 알 수 있다. 이에 비해 발화
권유지용법은 대체로 2담화당 1회의 비율로 사용되고 있다.

---

1) 각 세대의 한 담화당의 길이의 평균은 고년층이 44.88초이고 약년층은 35.68초로
   9초 정도의 차이가 있다. 담화표식의 출현빈도는 일반적으로 담화의 길이가 길수록
   높아지고, 짧을수록 낮아지는 경향이 있다. 그러나 각 담화표식의 개별적 성격도 있
   어 일률적으로 판단하기는 어렵다. 따라서 이 9초간의 차이를 보정하는 데에는 신중
   을 기하지 않으면 안된다. 이 문제에 대해서는 현재 적당한 처리방법이 없으므로 우
   선 이대로 비교하기로 한다. 그러나 이 점에는 주의가 필요하다. 또한, 이러한 담화표
   식의 사용은 상대와의 연령차, 친소관계, 화자의 긴장의 정도 등도 어느 정도 영향을
   준다고 생각된다. 따라서, 고년층이 필자에 대해 이야기하는 경우와 약년층이 필자에
   대해 이야기하는 경우와는 어느 정도 환경의 차이가 생길 가능성이 있다. 이에 대해
   서는 조사방법의 궁리 등 앞으로 더욱 검토가 필요하다.

한편 「ソレデ」(A')의 설명개시용법의 출현빈도는 0으로 사용되고 있지 않다는 것을 알 수 있다[2]. 그에 비하면 설명누가용법은 대체로 2담화당 1회의 비율로 사용되고 있다.

<표2> 담화표식의 출현빈도 – 센다이방언의 약년층 –

담화표식과 기능 / 화자(담화수)	A ダカラ [발화권취득]	A ダカラ [발화권유지]	A' ソレデ [설명개시]	A' ソレデ [설명누가]	■ ネ,サ [끌어들임]	B ヤハリ [정보공유표시]	C ホラ [정보공유환기]	D デショー(ノ) [정보공유확인]	E ネ(ノ) [정보공유재확인]	F ウン [자기확인]	1담화당 담화표식의 평균출현수
F1(42)	5=0.12	17=0.4	0=0	11=0.26	72=1.71	4=0.1	1=0.02	21=0.5	0=0	34=0.81	3.92
F2(37)	1=0.03	29=0.78	0=0	25=0.68	110=2.97	15=0.41	2=0.05	55=1.49	2=0.05	24=0.65	7.11
F3(24)	2=0.08	21=0.88	0=0	17=0.71	35=1.46	6=0.25	0=0	17=0.71	0=0	44=1.83	5.92
F4(12)	0=0	3=0.25	0=0	3=0.25	6=0.5	1=0.08	0=0	1=0.08	0=0	13=1.08	2.24
F5(9)	0=0	5=0.56	0=0	3=0.33	4=0.44	3=0.33	0=0	11=1.22	0=0	19=2.11	4.99
M6(37)	5=0.14	17=0.46	0=0	16=0.43	101=2.73	13=0.35	5=0.14	28=0.76	3=0.08	74=2	7.09
M7(24)	8=0.33	22=0.92	0=0	38=1.58	80=3.33	4=0.17	3=0.13	18=0.75	0=0	15=0.63	7.84
M8(12)	4=0.33	1=0.08	0=0	0=0	5=0.42	7=0.58	0=0	1=0.08	0=0	16=1.33	2.82
M9(16)	0=0	2=0.13	0=0	5=0.31	11=0.69	5=0.31	0=0	12=0.75	0=0	13=0.81	3
M10(14)	1=0.07	5=0.36	0=0	2=0.14	11=0.79	18=1.29	0=0	9=0.64	0=0	9=0.64	3.93
총평균	0.11	0.48	0	0.47							
(227)	0.59		0.47		1.5	0.39	0.03	0.7	0.01	1.19	4.88

또한, 끌어들임형식인 「ネ, サ」(■)는 전반적으로 다용되고 있고 정

---

2) 이 「ソレデ」(A')의 설명개시용법은 센다이방언의 고년층에서 사용되지만, 약년층에서는 사용되지 않는다. 그러나 여기에서는 고년층과의 비교를 위해 이 용법에 대해서도 다루기로 한다.

보공유표시형식「ヤハリ」(B)는 대체로 3담화당 1회의 비율로 나타나고 있다.

정보공유환기형식「ホラ」는 거의 사용되고 있지 않다. 정보공유확인형식「デショー(↗), ネ(↗), ヨネ(↗), ジャナイ」(D)는 대체로 3담화당 2회의 비율로 나타나고 있다. 정보공유재확인형식인「ネ(↗)」(E)는 출현빈도가 매우 낮은 것으로 보아 거의 사용되고 있지 않다는 것을 알 수 있다. 그에 비해 자기확인형식인「ウン, エ, ハイ」(F)는 대부분의 화자에서 1담화당 1회의 비율로 나타나고 있다.

<표2>의 총평균의 수치로부터 센다이방언의 약년층 화자는 다른 형식에 비해 특히 끌어들임형식인「ネ, サ」(■), 자기확인형식인「ウン, エ, ハイ」(F), 정보공유확인형식인「デショー(↗), ネ(↗), ヨネ(↗), ジャナイ」(D)를 다용하여 이야기를 전개시키고 있다는 것을 알 수 있다. 또한 발화권유지형식인「ダカラ」(A), 설명누가형식인「ソレデ」(A'), 정보공유표시형식인「ヤハリ」(B)도 자주 사용되고 있다. 그에 비하면 발화권취득형식인「ダカラ」(A), 설명개시형식인「ソレデ」(A'), 정보공유환기형식인「ホラ」(C), 정보공유재확인형식인「ネ(↗)」(E)의 사용은 매우 적다.

다음 6.3.2.3절에서는 담화표식의 조합패턴을 모두 제시함으로서 센다이방언의 약년층 담화에서 이러한 담화표식이 구체적으로 어떻게 조합되어 담화가 전개되는지를 검토한다.

6.3.2.3 담화표식의 조합패턴

6.3.2.1절의 담화전개의 사례분석에서도 언급했듯이 담화자료1~3으로부터 담화표식만을 꺼내어 담화표식의 조합패턴과 담화전개를 기호

로 나타낸 것이 <그림1>~<그림3>이다.

   <그림4>는 이와 같은 방법으로 필자가 지금까지 수집한 담화자료로부터 추출된 담화표식의 조합패턴을 모두 정리하여 그 수와 함께 제시한 것이다.

   <그림4>로부터 담화표식은 밑줄 친 부분과 같이 예외도 있지만, 대부분은 A(A')~F의 순으로 나타나는 것을 알 수 있다.

<그림4> 담화표식의 조합패턴과 출현수 - 센다이방언의 약년층 -

조합패턴	수	조합패턴	수	조합패턴	수
A	84	BD	6	FD	1
AA'	3	BDE	1	A'	71
AB	3	BDF	1	A'AF	1
ABD	1	BF	15	A'B	3
ABDF	2	C	4	A'BD	1
ABF	2	CD	2	A'C	1
AC	1	CF	2	A'D	12
ACD	1	D	108	A'DF	1
AD	14	DE	4	A'F	19
ADF	2	DF	15	A'FA'	1
AF	31	F	154	■만 출현	156
B	30	FBF	1	무표식	324
				합계 34패턴	1077

또한, 담화표식은 세가지 이상 조합되어 나타나는 경우는 매우 적어

거의 단독 아니면 두 가지가 조합되어 나타나는 경우가 있다. 담화표식
을 전혀 사용하지 않는 경우도 30%(324/1077)를 차지하고 있는데 이
것은 <표3>의 담화표식의 출현빈도가 전반적으로 적은 것과도 관련
이 있다고 생각된다.

다음으로 각 담화표식이 단독으로 출현하는지, 다른 것과 조합되어
나타나는지를 정리해 보면 <표3>과 같이 된다.

이것을 보면 정보공유표시형식인 「ヤハリ」(B)나 정보공유환기형식
인 「ホラ」(C), 정보공유재확인형식인 「ネ(↗)」(E)는 다른 담화표식과
조합되어 나타나는 경우도 많지만, 전반적으로 단독으로 나타나는 패
턴이 많다는 것을 알 수 있다. 발화권취득·유지형식인 「ダカラ」(A),
설명개시·누가형식인 「ソレデ」(A'), 정보공유확인형식인 「デショー
(↗), ネ(↗), ヨネ(↗), ジャナイ」(D), 자기확인형식인 「ウン」(F)은 다
른 담화표식보다 단독으로 사용되는 비율이 매우 높다.

<표3> 담화표식의 출현양상 - 센다이방언의 약년층 -

출현양상 담화표식	단독으로 출현	다른 형식과 조합되어 출현	전체
A(ダカラ)	84(58%)	61(42%)	145(100%)
A'(ソレデ)	71(65%)	39(35%)	110(100%)
B(ヤハリ)	30(45%)	36(55%)	66(100%)
C(ホラ)	4(36%)	7(64%)	11(100%)
D(デショー(↗))	108(63%)	64(37%)	172(100%)
E(ネ(↗))	0(0%)	5(100%)	5(100%)
F(ウン)	154(62%)	94(38%)	248(100%)

그럼 각 담화표식의 조합패턴에서 어떠한 패턴이 많이 사용되는가? <표4>는 다음 방법으로 각 조합패턴의 출현수를 계산하여 1위에서 5위까지 제시한 것이다.

각 조합패턴 /전 조합패턴×100
=각 조합패턴의 비율

<표4> 담화표식의 조합패턴(상위 5위까지)
- 센다이방언의 약년층 -

	각 조합패턴과 그 비율
1	A 「ダカラ」+F 「ウン」(38/1077=3.53%)
2	A' 「ソレデ」+F 「ウン」(22/1077=2.04%)
3	D 「デショー(↗)」+F 「ウン」(21/1077=1.95%)
4	A 「ダカラ」+D 「デショー(↗)」(20/1077=1.86%)
5	B 「ヤハリ」+F 「ウン」(20/1077=1.86%)

<표4>로부터 센다이방언의 약년층의 담화에서는 A+F, 즉 「발화권취득·유지」(ダカラ)+「자기확인」(ウン)과 같은 조합이 자주 사용되고 있다는 것을 알 수 있다. 또한, A'+F, D+F, B+F, 즉 「설명개시·누가」(ソレデ)+「자기확인」(ウン), 「정보공유확인」(デショー(↗))+「자기확인」(ウン), 「정보공유표시」(ヤハリ)+「자기확인」(ウン)과 같이 「설명개시·누가」(ソレデ), 「정보공유확인」(デショー(↗)), 「정보공유표시」(ヤハリ)를 행한 후에 「자기확인」을 행하는 패턴이 눈에 띈다. 그 외에

도 A+D, 즉 「발화권취득・유지」(ダカラ)+「정보공유확인」(デショー
(↗))과 같은 패턴도 자주 사용되고 있다.

6.3.3 약년층의 담화전개방법

이상 담화표식의 출현경향으로부터 센다이방언의 약년층의 담화전
개방법을 고찰했다. 그 결과로부터 센다이방언의 약년층의 담화전개방
법의 특징을 정리하면 약년층 화자는 다른 형식에 비해 특히 끌어들임
형식인 「ネ, サ」, 자기확인형식인 「ウン, エ, ハイ」, 정보공유확인형식
인 「デショー(↗), ネ(↗), ヨネ(↗), ジャナイ」를 다용하여 이야기를
전개시키고 있다는 것을 알 수 있다. 또한 발화권유지형식인 「ダカラ」,
설명누가형식인 「ソレデ」, 정보공유표시형식인 「ヤハリ」도 자주 사용
되고 있다. 이러한 담화전개패턴은 필자가 수집한 모든 담화자료에 나
타나 그것이 센다이방언의 약년층의 특징적 담화전개방법이라는 것을
알 수 있다.

다음 6.4절에서는 이상의 두 세대의 담화표식의 출현경향을 비교함
으로서 담화전개방법의 세대차를 밝히기로 한다.

6.4 담화전개방법으로부터 본 두 세대

6.4.1 두 세대의 유사점

이상 고년층, 약년층의 담화전개방법을 담화표식의 출현경향을 분석
함으로서 고찰했다. 그 결과 두 세대에서는 다음과 같은 종류의 담화표

식이 공통적으로 사용된다는 것을 알았다.

이와 같은 담화표식의 종류와 출현법은 세대차를 넘어 일본어 담화 전체에 나타나는 공통되는 현상이라 할 수 있다. 그러나 담화표식의 출현빈도나 조합패턴에는 다음 6.4.2절에서 제시하는 것과 같은 세대 차가 인정된다.

<그림6> 설명적 장면에서 사용되는 담화표식 - 두 세대 공통 -

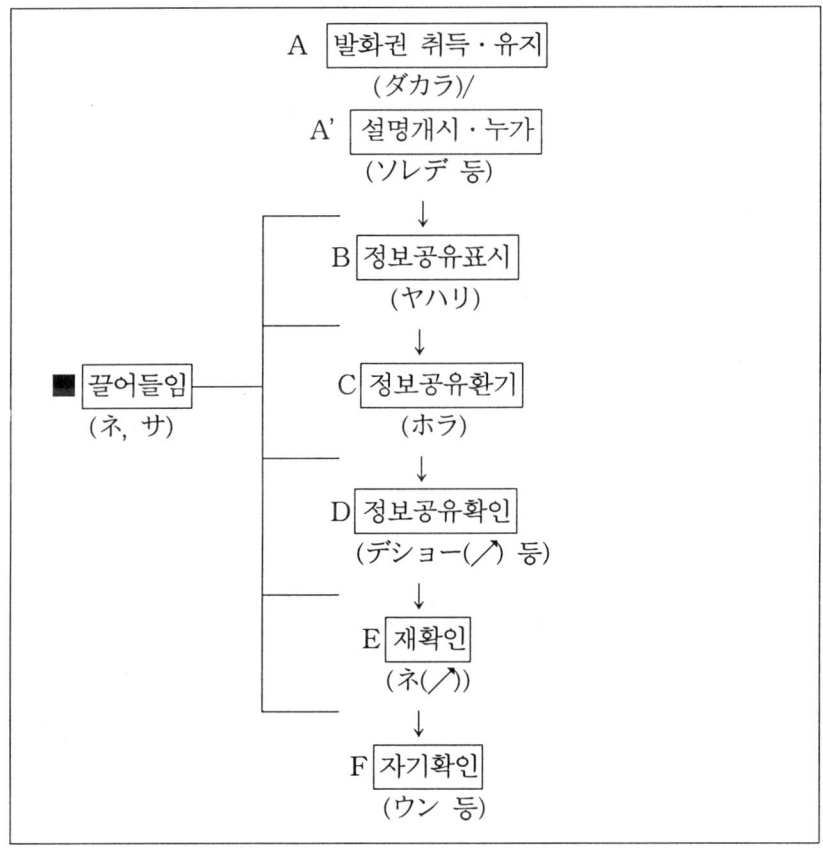

6.4.2 두 세대의 상이점

6.4.2.1 담화표식의 출현빈도로부터 본 두 세대

<표5>는 이상에서 검토한 약년층의 결과(<표2>의 총평균 부분)에 센다이방언의 고년층의 결과(제4장의 <표2>)를 첨가하여 두 세대의 담화표식의 출현빈도를 비교한 것이다. ( )안의 숫자는 고년층의 수치를 기준(=1)으로 했을 경우의 약년층의 비율이다. 담화표식의 출현빈도는 종류에 따라 차이가 나타나므로 이렇게 함으로서 상대적인 비교가 가능하다고 생각된다.

<표5> 담화표식의 출현빈도로부터 본 두 세대

담화표식과 기능 세대 (담화수)	A ダカラ		A' ソレデ		■ ネ・サ [끌어 들임]	B ヤハリ [정보 공유 표시]	C ホラ [정보 공유 환기]	D デショー(↗) [정보 공유 확인]	E ネ(↗) [정보 공유 재 확인]	F ウン [자기 확인]	1담화 당 담화 표식의 평균 출현수
	[발화권 취득]	[발화권 유지]	[설명 개시]	[설명 누가]							
고년층 (410)	0.24	0.94	0.03	0.24	4.51 (1)	0.75 (1)	0.56 (1)	1.75 (1)	0.22 (1)	1.42 (1)	10.66 (1)
	1.18(1)		0.27(1)								
약년층 (227)	0.11	0.48	0	0.47	1.5 (0.33)	0.39 (0.52)	0.03 (0.05)	0.7 (0.4)	0.01 (0.05)	1.19 (0.84)	4.88 (0.46)
	0.59(0.5)		0.47(1.74)								

<표5>로부터 각 세대의 담화표식의 출현빈도의 특징을 정리하면 다음과 같다.

(1) 「발화권취득」을 나타내는 「ダカラ」(A)는 양 세대 모두 사용이 적다. 「발화권유지」를 나타내는 담화표식 「ダカラ」(A)는 고년 층에서 자주 사용되지만, 약년층은 고년층의 반 정도이다.

(2) 「설명개시」를 나타내는 담화표식 「ソレデ」(A')는 양 세대 모두 거의 사용되지 않는다. 한편 「설명누가」를 나타내는 담화표식 「ソレデ」(A')는 약년층의 사용이 눈에 띠고 고년층은 약년층의 반 정도이다.

(3) 「끌어들임」담화표식 「ネ, サ」(■)는 고년층의 사용이 많고, 약년층은 고년층의 3분의 1정도로 적다.

(4) 「정보공유표시」를 행하는 담화표식 「ヤハリ」(B)는 고년층의 사용이 많고 약년층은 고년층의 반 정도이다.

(5) 「정보공유환기」를 담당하는 담화표식 「ホラ」(C)는 고년층의 사용이 많고 약년층의 사용은 극단적으로 적다.

(6) 「정보공유확인」담화표식 「デショー(↗)」(D) 등은 고년층의 사용이 많고 약년층은 고년층의 반 정도이다.

(7) 「정보공유재확인」담화표식 「ネ(↗)」(E)는 어느 세대에서도 사용빈도가 낮지만 상대적으로 볼 때 고년층의 사용이 많고 약년층은 극단적으로 적다.

(8) 「자기확인」담화표식 「ウン」(F) 등은 고년층과 약년층이 거의 같은 비율로 사용되고 있다.

이상으로부터 담화표식은 전반적으로 고년층에서 다용되는 경향이 있고 약년층에서는 사용이 감소한다는 것을 알 수 있다. 이것은 <표5>의 1담화당의 담화표식의 평균출현수가 고년층에서 10.66, 약년층에서 4.88이라는 것으로부터도 알 수 있다. 그러한 중에서 약년층은 설명누가형식인 「ソレデ」(A'), 자기확인형식인 「ウン」(F)의 출현빈도가 높고, 특히 「ソレデ」(A')는 고년층의 두배 가까이 사용되고 있다.

6.4.2.2 담화표식의 조합패턴으로부터 본 두 세대

각 세대에서 담화표식이 단독으로 나타나는지 조합되어 나타나는지를 정리해 보면 <표6>과 같이 된다.

<표6> 담화표식의 출현양상으로부터 본 두 세대

세대 담화표식	고년층		약년층	
	단독	조합	단독	조합
A(ダカラ)	180(38%)	294(62%)	84(58%)	61(42%)
A'(ソレデ)	49(39%)	78(61%)	71(65%)	39(35%)
B(ヤハリ)	45(17%)	220(83%)	30(45%)	36(55%)
C(ホラ)	46(23%)	158(77%)	4(36%)	7(64%)
D(デショー(↗))	222(31%)	488(69%)	108(63%)	64(37%)
E(ネ(↗))	0(0%)	90(100%)	0(0%)	5(100%)
F(ウン)	173(33%)	344(67%)	154(62%)	94(38%)

이것을 보면, 고년층의 경우는 다른 형식과 조합되어 나타나는 경우가 많은데 반해 약년층은 단독으로 나타나는 경우가 많다는 것을 알 수 있다. 즉, 고년층에 비해 약년층의 담화표식의 조합패턴이 단순화되어, 고년층이 여러 개의 담화표식을 조합하여 사용함으로서 이야기를 전개하는데 대해 약년층은 단독으로 사용하면서 이야기를 전개하고 있다는 것을 알 수 있다. 이것은 약년층의 담화표식의 출현빈도가 고년층에 비해 낮은 것에도 원인이 있다고 생각된다.

다음 <표7>은 두 세대에서 다용되는 담화표식의 조합패턴을 1위부터 5위까지 정리한 것이다.

<표7> 담화표식의 조합패턴으로부터 본 두 세대(상위 5위까지)

세대 순위	고년층	약년층
1	D+F(176/1876=9.38%)	A+F(38/1077=3.53%)
2	A+D(172/1876=9.17%)	A'+F(22/1077=2.04%)
3	B+D(135/1876=7.20%)	D+F(21/1077=1.95%)
4	D+E(90/1876=4.80%)	A+D(20/1077=1.86%)
5	C+D(89/1876=4.74%)	B+F(20/1077=1.86%)

　<표7>에서 알 수 있듯이 고년층에 비해 약년층의 조합패턴의 전체에 대한 비율이 낮다는 것을 알 수 있다. 이것은 <표6>에서 제시했듯이 약년층의 경우 담화표식이 단독으로 나타나는 비율이 고년층에 비해 높은 데에 근본적인 원인이 있다고 생각되지만, 특정 조합을 선호하는 경향이 고년층보다 약하기 때문이라고도 말할 수 있다.

　<표7>로부터 두 세대에서는 D+F(「정보공유확인」(デショー(↗))+「자기확인」(ウン)), A+D(「발화권취득·유지」(ダカラ)+「정보공유확인」(デショー(↗)))과 같은 패턴이 상위를 차지하고 있다는 점은 공통적이다. 그러나 고년층에서는 B+D(「정보공유표시」(ヤハリ)+「정보공유확인」(デショー(↗))), D+E(「정보공유확인」(デショー(↗))+「정보공유재확인」(ネ(↗))), C+D(「정보공유환기」(ホラ)+「정보공유확인」(デショー(↗)))와 같이 「정보공유확인」(デショー(↗))을 행하는 패턴이 자주 사용되고 있다.

　그에 대해 약년층에서는 A+F(「발화권취득·유지」(ダカラ)+「자기확인」(ウン)), A'+F(「설명개시·누가」(ソレデ)+「자기확인」(ウン)),

B+F(「정보공유표시」(ヤハリ)+「자기확인」(ウン))과 같은 조합패턴이
자주 사용되어 「자기확인」(ウン)을 행하는 패턴이 눈에 띈다.

6.5 본장의 결론

이상 담화표식의 출현경향으로부터 센다이방언의 담화전개방법의
세대차에 대해 고찰했다. 그 결과 두 세대에서는 <그림6>과 같은 공통
성이 인정되지만, 담화표식의 출현빈도와 조합패턴에서는 세대차가 인
정된다는 것을 알았다.

제4장, 제5장에서는 센다이방언, 도쿄방언은 발화권취득·유지형식
인 「ダカラ」, 정보공유확인형식인 「デショ―(↗)」의 출현빈도가 높고,
「발화권취득·유지」(ダカラ)나 「정보공유표시」(ヤハリ), 「정보공유환
기」(ホラ)를 행한 후에 「정보공유확인」을 행하는 패턴이 많은데 대해
오사카방언은 설명개시·누가형식인 「ソレデ」 및 자기확인형식인 「ウ
ン」의 출현빈도가 높고, 「설명개시·누가」(ソレデ)를 표시한 후 「자기
확인」으로 끝내는 패턴이 많다는 것을 기술했다.

이번 검토의 결과, 센다이방언의 약년층은 발화권취득·유지형식인
「ダカラ」, 정보공유확인형식인 「デショ―(↗)」의 출현빈도가 낮은 한
편, 설명개시·누가형식인 「ソレデ」, 자기확인형식인 「ウン」의 빈도가
높고, 「자기확인」을 행하는 패턴이 자주 사용되고 있는 점으로 보아
센다이방언의 고년층보다 오사카방언적인 특징을 갖추고 있다는 것이
밝혀졌다. 이러한 센다이방언의 약년층의 담화전개방법의 경향이 무엇
에 기인하는지 밝혀내는 것은 앞으로의 중요한 과제이다.

본 연구와 방법론은 다르지만 제2장의 선행연구에서 소개했듯이 스자기(1999)는 도야마시방언에서 젊은 세대가 관서방언화를 일으키고 있다고 보고하고 있다. 따라서 이 현상은 센다이 지역의 약년층 뿐만 아니라 그 외 다른 지역에서도 넓게 일어나고 있을 가능성이 있다. 이 문제에 대해 밝히기 위해서는 센다이방언 뿐만 아니라 도쿄방언 등의 약년층에 대해서도 조사하여 그들 결과와 비교·검토할 필요가 있다.

제7장
결론

본장에서는 본 연구의 목적으로서 필자가 해결하려고 한 점과 그를 위한 방법론, 본 연구를 통해 밝혀진 점에 대해 장별로 정리하기로 한다. 마지막으로 이 연구의 의의에 대해서도 기술하기로 한다.

우선 제1장에서는 본연구의 목적에 대해 기술했다. 즉, 기존의 담화전개 방법 연구에서 지적되어 온 방법론상의 문제점을 지적하고 새로운 방법을 개척함으로서 담화전개방법의 지리적변이(지역차)와 사회적변이(세대차)를 고찰하는 것이 본 연구의 목적임을 기술했다.

다음 제2장에서는 일본어에 있어서의 담화연구의 현상과 담화전개방법의 지역차에 관한 선행연구 및 그 문제점, 본 연구의 특색에 대해 기술했다. 즉, 일본어에서 담화연구가 본격적으로 개시되기 시작한 것은 1980년이고, 그에 영향 받아 방언연구의 세계에서도 구키타(1990)를 위시한 연구 성과가 있다는 것을 소개했다. 또한, 그들 연구가 안고 있는 문제점, 즉 한정된 형식을 다루었다는 점과, 사례연구에 중점을 두어 주관성이 강하게 인정된다는 점을 지적했다. 그에 따른 문제점을 해결하기 위한 방안으로 본 연구에서는 특히, 담화표식에 주목하여 그 것을 체계적, 수량적으로 분석함으로서 각 방언의 담화전개방법을 보다 객관적으로 제시하는 것이 특색임을 기술했다.

제3장에서는 본 연구에서의 담화, 담화표식, 담화전개방법의 정의 및 조사의 개요, 분석 방법에 대해 소개했다. 즉, 제1절에서는 담화라는 것은 문보다 큰 단위의 언어단위로 하나의 주제를 가지고 모여진 문의 집합이라는 것과 본 연구에서는 그 중에서도 화자가 상대의 정보요구에 대해 설명을 행하고 있는 설명적 장면을 다룬다는 것을 기술했다. 또한, 담화표식이라는 것은 담화전개를 효과적으로 행하기 위해 화자가 사용하는 것으로 정보내용과는 직접적으로 관련되지 않지만, 화자가 그 정보를 효과적으로 전달하기 위해 사용하는 형식으로 기존의 문법 카테고리를 넘어 여러 가지 언어형식으로 구성된 것이라는 점을 기술했다. 마지막으로 담화전개방법이라는 것은 화자가 어떠한 형식의 담화표식을 어떻게 사용하여 이야기를 전개시키는지, 그 방법을 가리킴을 기술했다. 제2절에서는 본 연구를 위해 시행한 조사에 관하여 조사지역, 인포먼트, 조사 시기, 조사 장소 등을 중심으로 소개했다. 제3절에서는 본 연구의 분석방법, 즉 설명적 장면에서 사용되는 담화표식의 기능을 검토한 후, 그 담화표식의 출현 빈도와 조합 패턴을 구체적 사례와 함께 제시함으로서 각 지역, 각 세대의 담화전개방법을 고찰한다는 논의 전개방법에 대해 기술했다.

제4장에서는 센다이방언의 담화전개방법에 대해 고년층을 중심으로 기술하여 센다이방언의 설명적 장면에서는 특히 정보 공유 확인 형식인 「デショー(↗)」, 자기 확인 형식인 「ウン」, 발화권 취득·유지에 관

계되는 형식인 「ダカラ」가 다용된다는 것을 기술했다. 또한, 조합 패턴에서는 발화권 취득·유지(ダカラ), 정보 공유 표시(ヤハリ), 정보 공유 환기(ホラ)를 행한 후, 정보 공유 확인(デショー(↗))을 행하는 형식이나 정보 공유 확인(デショー(↗))을 행한 후에 재확인(ネ(↗))을 행하는 패턴이 자주 사용된다는 것을 기술했다.

제5장에서는 센다이방언과 마찬가지로 도쿄방언과 오사카방언의 담화전개방법에 대해 고년층을 중심으로 기술했다. 그 결과, 도쿄방언의 설명적 장면에서는 특히, 정보 공유 확인 형식인 「デショー(↗)」, 발화권 취득·유지형식인 「ダカラ」가 다용되고 있고, 발화권 취득·유지(ダカラ), 정보 공유 표시(ヤハリ), 정보 공유 환기(ホラ)를 행한 후, 정보 공유 확인(デショー(↗))을 행하는 패턴이 자주 사용되고 있다는 것을 밝혀냈다.

한편, 오사카방언에서는 특히, 자기 확인 형식인 「ウン」, 설명 개시·누가형식인 「ソレデ」가 자주 사용되고, 설명 누가를 「ソレデ」로 명시하면서 「ウン」으로 자기확인하면서 이야기를 전개하는 패턴이 자주 사용된다는 것을 밝혀냈다.

또한, 제5장에서는 동경방언, 오사카방언의 결과와 제4장의 센다이방언의 결과를 비교함으로서 세 방언의 담화전개방법의 지리적변이에 대해 기술했다. 그 결과 센다이방언화자는 「타자 설득형」의 담화전개방법을 사용하는데 반해, 오사카 방언화자는 「자기 납득형」의 담화전개 방법을 취하고 있다는 것을 알았다. 도쿄방언은 총합적으로 볼 때 양자의 중간에 위치하지만, 센다이방언에 보다 가까운 면을 지니고 있다고 판단되었다.

제6장에서는 센다이방언에서의 담화전개방법의 사회적변이에 대해

고년층, 약년층의 두 세대로 나누어 고찰했다. 그 결과, 센다이방언의 약년층은 고년층에 비해 담화표식의 출현빈도가 전체적으로 적고, 담화표식의 조합패턴이 단순화 되는 등 세대차가 인정된다는 것이 밝혀졌다.

본 연구는 종래 음운, 악센트, 어휘, 문법 등 짧은 언어단위가 중심으로 연구되어 왔던 방언 연구의 세계에서, 금후 방언 연구가 개척해야 할 담화전개 방법을 대상으로 했다는 점, 기존의 선행연구의 주관적 사례분석이라는 문제점을 해결하여 다량의 담화자료를 사용, 그것을 양적으로 분석함으로서 도쿄방언, 오사카방언, 센다이방언의 담화전개 방법의 지역차, 세대차를 보다 객관적으로 분석했다는 점에 연구의 의의가 있다고 하겠다.

본 연구의 서론에서는 다음과 같은 가설을 제시했다. 현대 방언에서 공통어화가 진행되고 있음에도 불구하고 외래자가 그 지역 사람과의 이야기 속에서 위화감을 느끼는 것은 음운, 악센트, 어휘, 문법 등의 언어요소의 면에서 공통어화가 진행되었다고 해도 그 지역 특유의 담화전개방법이 남아 있기 때문이 아닐까, 그리고 그러한 담화전개방법의 지역차는 화자가 정보내용을 효과적으로 전달하기 위해 사용하는 담화표식에도 반영되어 있는 것이 아닐까. 이 가설은 본 연구에서의 이상의 고찰에 의해 어느 정도 증명되었다고 생각된다. 또한, 센다이방언의 검토에서는 담화전개방법의 지역차 뿐만 아니라, 세대차도 인정된다는 것을 밝혀냈다.

제8장
금후과제

본 연구에서 필자는 담화전개방법의 지역차는 화자가 정보내용을 효과적으로 전달하기 위해 사용하는 담화표식에도 반영되어 있다고 생각하여 담화표식에 주목, 그 출현경향으로부터 담화전개방법의 지역차에 대해 고찰했다. 또한, 담화표식의 출현경향으로부터 담화전개방법의 세대차에 대해서도 고찰했다. 그 결과 담화전개방법에는 지역에 따른 차이 및 세대에 따른 차이가 인정된다는 것을 지적할 수 있었다.

마지막으로 본 연구의 문제점을 지적함과 동시에 앞으로 남겨진 과제에 대해 기술한다.

(1) 본 연구에서는 담화표식의 사용법에 주목하여, 담화전개방법을 고찰했다. 그러나 담화전개방법의 연구에서는 담화표식과 함께 정보내용 면에서의 고찰도 중요한 과제이다. 그러나 정보내용을 대상으로 객관적으로 분석하는 것은 매우 어렵고 아직 방법론이 확립되어 있지 않은 것이 현상이다. 그러나 앞으로 정보내용에

대한 객관적 분석방법을 개척함과 동시에 그 방법을 사용한 고찰이 필요하다고 생각된다.

(2) 본 연구에서는 한 사람의 화자가 상대의 정보요구에 대해 설명을 하는 장면인 설명적 장면을 예를 들어 담화전개방법의 지역차와 세대차를 밝혔다. 그러나 제3장에서 기술했듯이 담화 중에는 한 사람의 화자에 의한 독화, 두 사람이 교대로 이야기하는 대화, 두 사람 이상의 복수의 화자가 참가하여 서로 이야기하는 회화가 존재한다. 본 연구에서 필자가 다룬 설명적 장면은 한 사람의 화자가 설명을 행하고 있는 장면이라는 점에서는 독화라고 할 수 있지만, 회화장면 속에서의 설명적 장면이라는 점에서는 회화장면의 일부라고도 말할 수 있는 특수한 장면이다. 앞으로는 이러한 설명적 장면뿐만 아니라 전형적인 구어의 담화라고 할 수 있는 회화장면(대화를 포함한다)에도 주목하여 연구를 진행하고 싶다.

(3) 본 연구에서는 일본의 대표적 방언인 도쿄방언, 오사카방언, 센다이방언을 예로 들어 담화전개방법의 지역차에 대해 밝혔다. 앞으로 보다 시야를 넓혀 이들 방언과 방언 구획상 큰 차이를 보이고 있는 규슈방언(후쿠오카), 주코구방언(히로시마), 시코쿠방언(고치) 등에 대해서도 다루고 싶다.

(4) 본 연구에서는 담화표식의 출현경향으로부터 담화전개방법의 지역차에 대해 고찰했다. 그러나 이렇게 지역마다 담화전개방법이 차이를 보이는 이유가 무엇인가, 담화전개가 지역사회에 따라 다르다는 사실은 무엇을 나타내는가라는 문제에 대해서도 앞으로 생각해 가지 않으면 안된다. 단, 이렇게 담화전개방법의 지

역차가 태어나는 배경에는 좁은 의미에서의 언어의 문제뿐만 아니라 그 지역의 언어적 취향이나 습관, 사회조직 등 문화·사회적 요인이 관련되어 있다고 생각된다. 즉, 보다 넓은 문화적·사회적 시야가 필요하다. 앞으로 이와의 관련도 생각해가며 연구를 진행시켜나갈 생각이다.

(5) 본 연구에서는 센다이방언의 고년층, 약년층을 예로 들어 담화전개방법의 세대차를 고찰했다. 그 결과 센다이방언의 약년층의 담화전개방법이 오사카방언에 가까운 경향을 보이고 있다는 것을 지적했다. 앞으로 이러한 센다이방언의 약년층의 경향이 과연 도쿄방언 등의 다른 지역의 약년층에서도 인정되는지, 더욱 지역을 넓혀 담화전개방법의 세대차에 대해 연구하고 싶다. 그때 약년층은 고년층의 특징의 어떠한 부분을 물려받고 어떠한 부분을 갱신하고 있는가와 같은 체계적 시점이나 약년층의 변화는 어떠한 메카니즘으로 진행되고 있는가와 같은 시점에서의 고찰도 필요하다고 생각된다.

이 모두를 앞으로의 과제로 하고 싶다.

■ 参考文献 ──────────────────────────────

有賀千佳子(1993)「対話における接続詞の機能について─「ソレデ」の用法を
　　　　　手がかりに─」『日本語教育』79

飯豊毅一他編(1986)『講座方言学4 北海道・東北地方の方言』国書刊行会

飯豊毅一他編(1984)『講座方言学5 関東地方の方言』国書刊行会

飯豊毅一他編(1982)『講座方言学7 近畿地方の方言』国書刊行会

伊豆原英子(1994)「感動詞・間投助詞・終助詞『ね・ねえ』のイントネーショ
　　　　　ン─談話進行との関わりから─」『日本語教育』83

井上史雄他編(1994)『日本列島方言叢書③ 東北方言考② 岩手県・宮城県・
　　　　　福島県』ゆまに書房

井上史雄他編(1995)『日本列島方言叢書⑦ 関東方言考③ 東京都』ゆまに書房

井上史雄他編(1996)『日本列島方言叢書⑯ 近畿方言考④ 大阪府・奈良県』
　　　　　ゆまに書房

井上文子(1994)「～ヨル(オル)の残存について」『待兼山論集』28

江端義夫編(2002)『朝倉日本語講座10 方言』朝倉書店

江端義夫(2002)「談話・言語行動の方言地理学」佐藤亮一他編『方言地理学
　　　　　の課題』明治書院

大島弘子(2001)「ホラの機能について」『日本語教育』108

岡本真一郎・多門靖容(1998)「談話におけるダカラの諸用法」『日本語教育』
　　　　　98

岡部寛(1998)「ダカラとソレデの違いについて」『現代日本語研究』5

沖裕子(1993a)「談話型から見た喜びの表現─結婚の挨拶の地域差より─」『日
　　　　　本語学』12-1 明治書院

沖裕子(1993b)「談話からみた東の方言/西の方言」『言語』22-9 大修館書店

沖裕子(2001)「談話の最小単位と文字化の方法」『人文科学論集』35信州大学
　　　　　人文学部

沖裕子(2002)「談話の方言学」日本方言研究会編『21世紀の方言学』国書刊行
　　　　　会

川口容子(1992)「接続表現の機能に関する一考察─ディスコスマーカー『but』
　　　　　『でも』の標すもの─」『日本女子大学紀要文学部』41

川口良(1993)「日本人及び日本語学習者による副詞『やっぱり』の語用論的習
　　　　得について」『日本語教育』81

川口良(1998)「日本語の談話展開の方法に関する一考察」『秀明大学紀要秀
　　　　明研究学会国際研究論集』11-3

河内彩香(2004)「雑談の談話における話題の展開方法」『2004年度　春季大会
　　　　予稿集』日本語学会

岩岡登代子他(1993)『外国人のための日本語例文・問題シリーズ3　動詞』荒竹
　　　　出版

大西拓一郎(1992)「方言アクセントの現在—仙台市におけるアクセントと獲得
　　　　を中心に—」『日本語学』11-9明治書院

加藤正信編(1985)『新しい方言研究』至文堂

久木田恵(1990)「東京方言の談話展開の方法」『国語学』162

久木田恵(1992a)「北東北方言の談話展開の方法」『国語学論集』汲古書院

久木田恵(1992b)「共通語から方言弁別は可能か」『日本語論究Ⅰ言語学とそ
　　　　の周辺』和泉書院

久木田恵(1992c)「現代高校生の談話の実態—話題転換の方法—」『国語表現
　　　　研究』2

久木田恵(1992d)「静岡県榛原郡川根町方言の談話分析」『静大国文』41

久木田恵(2002)「方言の表現・会話(談話)」江端義夫編『朝倉日本語講座10
　　　　方言』朝倉書店

久野暲(1978)『談話の文法』大修館書店

熊崎みどり(1999)「『だから』と『それで』の機能について」齋藤孝滋編『地域言
　　　　語調査研究法』おうふう

黒崎良昭(1987)「談話進行上のあいづちの機能—兵庫県滝野方言について—」
　　　　『国語学』150

甲田直美(2001)『談話・テクストのメカニズム—接続表現と談話標識の認知的
　　　　考察—』風間書房

国立国語研究所(1960)『話しことばの文型(1)—対話資料による研究—』秀英
　　　　出版

国立国語研究所(1963)『話しことばの文型(2)—独話資料による研究—』秀英
　　　　出版

国立国語研究所(1987)『談話行動の諸相—座談資料の分析—』三省堂

国立国語研究所(2002)『日本のふるさとのことば集成　第13巻　大阪・兵庫』国

書刊行会

小西いずみ(2003)「会話における『ダカラ』の機能拡張―文法機能と談話機能の接点―」『社会言語科学』6-1 社会言語科学会

小西いずみ(2003)「東京方言が他地域方言に与える影響―関西若年層によるダカラの受容を例として―」『日本語研究』20 東京都立大学国語学研究室

小林隆(1995)「住民意識に見る方言志向・共通語志向」『言語』24-12 大修館書店

小林隆編(2000)『宮城県仙台市方言の研究』東北大学国語学研究室

小林隆他編(1996)『方言の現在』明治書院

小林隆他・篠崎晃一編(2003)『ガイドブック 方言研究』ひつじ書房

佐藤和之(1997)「共生する方言と共通語」『国文学』42-7 學燈社

齋藤孝滋(2000)「共通語使用の談話展開類型と言語形成期獲得方言の影響」『日本方言研究会 第71回発表原稿集』日本方言研究会

佐久間まゆみ他編(1990)『ケーススタディ 日本語の文章・談話』桜楓社

佐久間まゆみ他編(1997)『文章・談話の仕組み』おうふう

佐藤勝之(1996)「談話展開の2つの型」『武庫川女子大紀要(人文・社会科学)』44

真田信治(1983)「『ジャ』と『ヤ』の闘争過程―集落全数調査と録音文字化資料から―」『国語学研究』23 国語学刊行会

真田信治(2001)『関西・ことばの動態』大阪大学出版会

真田信治編(1999)『展望 現代の方言』白帝社

渋谷勝己(2004)「大阪人は大阪弁をどう思っているか」『日本語学』23-9 明治書院

陣内正敬(1996)『地方中核都市方言の行方』おうふう

杉藤美代子(1999)「東京と大阪の談話におけるあいづちの種類とその運用」『日本語科学』5

須崎由嘉(1999)「東西方言折衝地域における談話展開の社会言語学的研究」『日本言語学会 第118回大会予稿集』日本言語学会

園部美由紀(1999)「豊橋方言における談話展開の方法―東西方言折衝地域太平洋側における談話展開の方法」齋藤孝滋編『地域言語調査研究法』おうふう

高原脩(1993)「談話標識の語用論的機能」『英語青年』139

田窪行則(1995)「談話管理の標識について」『文化言語学—その提言と建設—』
　　　　三省堂

田窪行則他(1999)『岩波講座 言語の科学7 談話と文脈』岩波書店

田中香織(2002)「英語における談話展開の方法」『日本言語学会 第124回大会
　　　　予稿集』日本言語学会

玉懸元(1999)「仙台市方言の『べー』の用法」『言語科学論集』3 東北大学文学
　　　　部

玉懸元(2001a)「終助詞『ッチャ，サー』の用法」小林隆編『宮城県仙台市方言
　　　　の研究』東北大学国語学研究室

玉懸元(2001b)「宮城県仙台市方言の終助詞『ッチャ』の用法」『国語学』205

田野村忠温(1990)『現代日本語の文法Ⅰ 「のだ」の意味用法』和泉書院

中北美千子(2000)「談話における『ダロウ』と『デショウ』の選択基準」『日本語
　　　　教育』107

西野容子(1993)「会話分析について—ディスコスマーカーを中心として—」『日
　　　　本語学』12-5明治書院

日本方言研究会編(2002)『21世紀の方言学』国書刊行会

日本放送協会編(1981)『全国方言談話資料 第1巻 東北・北海道編』日本放送
　　　　出版協会

日本放送協会編(1981)『全国方言談話資料 第2巻 関東・甲信越編』日本放送
　　　　出版協会

日本放送協会編(1981)『全国方言談話資料 第4巻 近畿編』日本放送出版協会

野崎希世江(1996)「江戸語における談話展開の特徴—年齢層・性・上方語と
　　　　の対照の観点から—」齋藤孝滋編『地域言語調査研究法』お
　　　　うふう

橋本修(1992)「終助詞『ね』の意味の型とイントネーションの型」『日本語学』
　　　　11-11 明治書院

橋内武(2002)『談話のおりなす世界』くろしお出版

蓮沼昭子(1991)「対話における『だから』の機能」『姫路獨協大学外国語学部
　　　　紀要』4

畑中宏美(1994)「富山県永見方言の談話展開の方法」『北海道方言研究会二
　　　　十周年記念論文集 ことばの世界』北海道方言研究会

浜田麻里(1997)「話し言葉におけるダカラの分析試論」『大阪大学留学セン
　　　　ター研究論集 他文化社会と留学生交流』創刊号

ひけひろし(1987)「『だから』『それで』『したがって』」『教育国語』88 むぎ書房

日向茂男他編(1988)『外国人のための日本語例文・問題シリーズ16 談話の構造』荒竹出版

深尾まどか(1999)「終助詞『ヨネ』について」『日本語教育研究』38 言語文化研究所

藤原与一(1982, 1985, 1986)『方言文末詞の研究上・中・下』春陽堂書店

藤原与一(1990)『文末詞の言語学』三弥井書店

南不二男(1982)「談話の単位」『談話の研究と教育 I』国立国語研究所

三牧陽子(1993)「談話標識の種類」『視聴覚教材と言語教育』6 大阪外国語大学AV技法研究会

宮崎和人(1993)「『ダロウ』の談話機能について」『国語学』175

宮崎和人(1996)「確認要求表現と談話構造―『～ダロウ』と『ジャナイカ』の比較―」『岡本大学文学部紀要』25

森山卓郎(2000)「モダリティ:文の述べ方」『ここからはじまる日本語文法』ひつじ書房

メイナード・K・泉子(1992)『会話分析』くろしお出版

メイナード・K・泉子(1997)『談話分析の可能性』くろしお出版

メイナード・K・泉子(2004)『談話言語学』くろしお出版

森本順子(1994)『日本語研究叢書7 Frontier series 話し手の主観を表す副詞について』くろしお出版

山口幸洋(1997)『日本語方言一型アクセントの研究』ひつじ書房

山根智恵(2002)『日本語研究叢15 Frontier series 談話におけるフィラー』くろしお出版

山森芳枝(1990)「接続詞の二類型と談話の情報構造―『つまり』と『だから』を手がかりに―」『日本語学』9-5明治書院

吉田昭市訳(1999) マルコム・クールタード著 『談話分析を学ぶ人のために』世界思想社

李麗燕(2000)『日本語研究叢書12 Frontier series 日本語母語話者の雑談における物語の研究―会話管理の観点から―』くろしお出版

Bruce, Fraser. 1990. "Perspectives on politeness", Journal of Pragmatics 14.

Deborah, Schiffrin. 1987. "Discourse markers", Cambridge University Press.

John J, Gumperz. 1982. "Discourse strategies", Cambridge University Press.

Senko K, Maynard. 1993. "Discourse modality", John Benjamins Public Company.

<辞書類>

浅野健二編(1985)『仙台方言辞書』東京堂出版

岩淵匡編(1989)『日本文法用語辞典』三省堂

梅棹忠夫他編(1989)『日本語大辞典』講談社

亀井孝他編(1996)『言語学大辞典』三省堂

金田一春彦・池田弥三郎編(1988)『学研国語大辞典　第二版』学習研究社

金田一春彦他編(1988)『日本語百科大辞典』大修館書店

国語学会編(1980)『国語学大辞典』東京堂出版

佐藤喜代治編(1987)『国語学研究事典』明治書院

尚学図書編(1989)『日本方言大辞典』小学館

新村出編(1991)『広辞苑　第四版』岩波書店

杉本つとむ・岩淵匡編(1990)『日本語学辞典』桜楓社

田中春美他編(1988)『現代言語学辞典』成美堂

日本語教育学会編(1990)『日本語教育事典』大修館書店

日本国語大辞典第二版編集委員会(2000)『日本国語大辞典　第二版』小学館

野村雅昭・小池清治編(1992)『日本語事典』東京堂出版

平山輝男編(1993)『現代日本語方言大辞典』明治書院

森田良行(1993)『基礎日本語辞典　第五版』角川書店

山口明穂・秋本守英編(2001)『日本語文法大辞典』明治書院

저자 금종애

· 충남대학교 일어일문학과 졸업
· 일본 도호쿠대학 대학원 졸업(문학석사)
· 일본 도호쿠대학 대학원 졸업(문학박사)
· 현재 충남대학교 일어일문학과 강사
· 일본어학 전공
· 저서 및 논문
『현대일본어문법』
「일본어 방언에 있어서의 담화표식의 출현경향」
「미야기현 센다이시 방언에 있어서의 담화전개 방법의 세대차」
「고교생의 담화전개 방법」 외 다수.

일본어 담화전개방법의 사회언어학적 연구

초판인쇄 2008년 9월 5일
초판발행 2008년 9월 12일

저자 금종애
발행 제이앤씨
등록 제7-220호

주소 서울시 도봉구 창동 624-1 현대홈시티 102-1206
전화 (02)992-3253(대)
팩시밀리 (02)991-1285
전자우편 jncbook@hanmail.net
홈페이지 http://www.jncbook.co.kr

ISBN 978-89-5668-634-9 93830 / 정가 16,000원